CHRISTIAN BOURGOIS ÉDITEUR
8, rue Garancière - PARIS VIe

Du même auteur dans la même série

L'Amour de la vie, 862.
L'Appel de la forêt, 827.
Avant Adam, 816.
L'Aventureuse, 1507.
Belliou la Fumée, 1477.
Le Bureau des assassinats, 891.
Le Cabaret de la Dernière Chance, 844.
Construire un feu, 1144.
Les Condamnés à vivre, 890.
Contes des mers du Sud, 1478.
La Corée en feu, 1528.
Croc-Blanc, 1455.
La Croisière du « Dazzler », 1413.
La Croisière du « Snark », 1764.
Le Dieu tombé du ciel, 957.
Les Enfants du froid, 1202.
En rire ou en pleurer?, 1022.
En pays lointain, 1285.
Fille des neiges, 1301.
Le Fils du Loup, 1255.
Le Fils du Soleil, 1255.
Histoires de la boxe, 1130.
Histoires des siècles futurs, 863.
Histoires des îles, 928.
L'Humanité en marche, 1795.
L'Ile des Lépreux, *suivi de* Journal de bord du « Snark », 1553.
Jerry, chien des îles, 1553.
Le Loup des mers, 843.
Martin Eden, 776.
Le Mexique puni, 1640.
Michael, chien de cirque, 1862.
Les Mutinés de l' « Elseneur », t. 1, 1677, t. 2, 1678.
La Petite Dame de la grande maison, 1320.
Le Peuple de l'abîme, 927.
Les Pirates de San Francisco, 828.
Profession écrivain, 1389.
Radieuse aurore, 815.
Rien d'autre que l'amour (en collaboration avec Anna Strunsky), 1571.
Souvenirs et Aventures du pays de l'or, 956.
Le Talon de fer, 778.
Les Temps maudits, 777.
Trois cœurs, 1348.
Le Vagabond des étoiles, t. 1, 1019, t. 2, 1020.
Les Vagabonds du Rail, 779.
La Vallée de la Lune, t. 1, 864, t. 2, 865.
Les Yeux de l'Asie, 1181.
Yours for the Revolution, 1167.

L'AMOUR DE LA VIE

PAR

JACK LONDON

Traduction de Paul WENZ
Préface de Francis LACASSIN
Suivi de *Perdu dans le Pays du Soleil de Minuit*
Traduction de François POSTIF

10|18

Série « L'Appel de la Vie »
dirigée par Francis Lacassin

Titre original :
The Love of Life (1907)

ISBN 2-264-00819-9

PRÉFACE

L'AMOUR DE LA VIE

ou La Sublimation du réel

L'Amour de la vie (1907) est l'avant-dernier recueil consacré par Jack London au Grand Nord.

Et le dernier livre dont Lénine ait pu entendre la lecture, deux jours avant sa mort, en janvier 1924.

Sa femme écrit à propos de la nouvelle qui a donné son titre au recueil :

« C'était une très belle histoire... Dans un désert de glace où aucun humain n'a mis le pied, un homme malade, mourant de faim, cherche à atteindre l'embouchure d'une rivière. Ses forces l'abandonnent, il ne peut pas marcher mais seulement ramper, et derrière lui se traîne un loup — mourant de faim aussi. Un combat se produit entre eux : l'homme l'emporte. En loques et à demi-dément, il atteint son but. Ce récit plaisait énormément à Ilyich. Le lendemain il m'a demandé de lui lire encore du Jack

London. Mais les œuvres fortes de London se mêlent à d'autres, extraordinairement faibles. L'histoire suivante se révélait d'un autre type, saturée d'une morale bourgeoise. Ilyich sourit et la repoussa d'un mouvement de la main. C'était la dernière fois que je lui faisais la lecture... »

Oui, rien de plus conventionnel, rien de plus chevaleresque que ce *Logement d'un jour* [1], avec sa situation pour scène de boulevard : le mari, la femme et l'autre. Réunis par le hasard dans une cabane assiégée par le froid... et très embarrassés par les convenances. L'acharnement du mari à sauver celles-ci ainsi que son amour-propre (tout en se vengeant dans l'honneur et la dignité) ne pouvaient que faire sourire un homme dont l'action a remué et remue encore la moitié de la terre.

Si Lénine avait eu la force d'entendre la lecture de *La Piste des soleils,* elle lui aurait révélé l'intérêt de tout le reste du livre, son originalité par rapport aux précédents recueils dédiés au Grand Nord.

1. L'auteur utilisera une situation voisine, en 1911, dans *la Fin de l'histoire* (dans le recueil *l'Appel de la forêt*). *Le logement d'un jour* a été adapté à la scène par l'auteur et Herbert Heron, en 1910, sous le titre : *Gold.*

Dans *le Fils du loup, Fille des neiges, le Dieu de ses pères, la Foi des hommes,* exotisme du décor et magie de l'atmosphère invitent le lecteur à faire un voyage, à partager une équipée, à rêver. Dans *l'Amour de la vie,* le dépaysement n'a pas pour but de meubler une rêverie ou d'introduire l'exotisme. Il est chargé au contraire d'introduire la réflexion, d'installer le vide autour du héros pour qu'il reste seul en face de ses problèmes. La solitude est la seule contribution exigée d'un décor à l'exotisme si peu spécifique qu'en remplaçant le froid par le chaud et le cercle polaire par l'équateur, la neige par le sable ou la jungle, l'intrigue conserverait son rythme, et les êtres leur conflit tragique.

Conflit qui débouche sur la même interrogation plus ou moins explicite.

Dans le silence des solitudes glacées, les personnages de Jack London répondent aux questions que couvre le bruit de la civilisation urbaine, affrontent les problèmes — les vrais problèmes — que masquent ses poisons et ses délices. Le guide indien qui n'aime pas les images, le mari trompé mis en face de son rival, Negore que sa femme elle-même appelle le lâche, le jeune Esquimau coupable d'avoir pris la parole au Conseil des Anciens, la larve humaine qui se traîne jusqu'au rivage dans l'espoir d'y trouver un bateau. Et jusqu'à Loup Brun, le chien qui ne cesse de fuir et chaque fois plus loin, pour retrouver son maître : il donne l'exemple aux hommes. Blancs ou Indiens, sous prétexte de trouver un sens à la vie, tous cherchent le sens de *leur* vie, c'est-à-dire : leur vérité. Ce qu'ils découvrent, le voici.

Le secret de la vie ne réside pas dans la mort mais dans l'existence. La vérité n'apparaît pas dans le renoncement mais dans le dépassement de soi. La tâche de l'homme consiste à soutenir, relever tous les défis que lui adressent les circonstances ; et à les gagner. Tout le reste n'est qu'illusion ou faux problème.

Le héros de *la Piste des soleils,* le guide indien Sitka Charley s'est laissé aveugler par l'un d'eux, en pénétrant un soir dans une cabane abandonnée. Sur le mur, l'image d'une petite fille endormie, veillée par un couple. Après une longue contemplation, il finit par avouer à son client, un peintre, qu'il n'aime pas les images, car il ne les comprend pas. Elles n'ont ni commencement, ni fin.

« Ce n'est pas la vie, dit-il d'un ton qui

n'admettait pas de réplique. Dans la vie, la petite fille meurt ou guérit... Dans les gravures rien n'arrive. »

Le peintre cherche à faire comprendre à cet homme simple, habitué à vivre, sentir et penser en images, que les images sont des morceaux de vie.

« Par exemple, Charley, vous arrivez le long du sentier, il fait nuit. Vous voyez une cabane, la fenêtre est éclairée. Vous regardez au travers de la fenêtre pendant une seconde ou deux, vous voyez quelque chose, puis vous continuez votre chemin. Peut-être voyez-vous un homme écrivant une lettre ; vous avez vu quelque chose sans commencement ni fin. Il n'est rien arrivé, cependant c'est un morceau de la vie que vous avez vu. Vous vous le rappelez après, c'est comme une image dans votre mémoire. La fenêtre, c'est le cadre de la gravure. »

L'Indien demande alors au peintre : « Comment peindriez-vous ce que j'ai vu, cette image sans commencement, dont je ne comprends pas la fin ; un morceau de vie, qui a les lumières du Nord comme chandelle et l'Alaska comme cadre ?

» Je murmurai :

— C'est une grande toile.

» Mais il ne répondit pas, car le tableau qu'il avait dans l'esprit était devant ses yeux et il le voyait. »

Tableau étrange. Il montre un couple inconnu et bizarre qui a loué le traîneau et les services de Charley pour courir — de plus en plus loin, en des étapes de plus en plus longues, dans un froid de plus en plus vif, avec une nourriture de plus en plus réduite — après un fuyard qui agonise et qu'ils ont tout juste la force de tuer.

Pourquoi a-t-il fui, pourquoi l'a-t-on tué ? Sitka Charley ne le saura jamais et le lecteur non plus.

Peu importe. Entre un commencement et une fin inexpliqués, le meilleur guide du Klondike a accompli des performances physiques dont il se croyait incapable.

Telle est la morale d'une histoire qui donne le ton au reste du livre. Un livre où l'aventure n'est pas représentée par l'errance ou la souffrance des corps mais par une quête métaphysique tendue par l'énergie.

Différence d'éclairage qu'accompagne un renouvellement de l'inspiration de l'auteur. Jusqu'alors, son imagination s'appuyait souvent sur l'expérience personnelle. Ici, *Loup brun* est la seule nouvelle à entretenir un rapport avec la vie de l'auteur. Dans son livre de souvenirs *The Book of Jack London,* sa femme Charmian révèle que ce personnage animal avait été suggéré à l'écrivain par son propre chien, Brown ; son précédent propriétaire était un mineur du Klondike.

Mais renouvellement ne sacrifiant rien à l'authentique, au contraire. Comme le prouve la réaction de London à l'article publié en octobre 1908 par la revue *Canada West* sous le titre *The Canada Fakers* : « les Truqueurs du Canada ». Le signataire — le romancier d'aventures Arthur Stringer — accusait d'imposture et d'ignorance de la vie du Grand Nord un homme qui avait escaladé le Chilcoot avec cinquante kilos sur le dos et hiverné à deux cents kilomètres du cercle polaire.

Aux reproches d'avoir décrit inexactement les rênes d'un traîneau et utilisé le commandement de « mush on » pour inviter les chiens au démarrage, London n'eut pas de peine à prouver que tels étaient, dans les deux cas, les usages spécifiques du Klondike et de l'Alaska. Stringer lui reprochait encore d'avoir permis à un poisson

— dans la nouvelle *l'Amour de la vie* — de passer d'un trou d'eau dans un autre. L'accusé pariait deux mille dollars contre deux cents que n'importe quel jury de professeurs de physique, choisis par son censeur, confirmerait une telle possibilité.

Stringer, enfin, avait ironisé sur la présence, dans *le Logement d'un jour,* d'un trou d'eau ouvert et resté non gelé, malgré la basse température. Il faut croire qu'il avait lu d'un œil distrait le texte. Sur le trou dans lequel John Messner vide la poudre d'or extorquée à l'amant de sa femme, « une nouvelle couche de glace s'était déjà reformée : il la brisa à coups de poing ».

Ainsi écrivent les journalistes pressés. Mais polémique vénielle au regard de celle soutenue deux ans plus tôt, à la suite de la publication, en magazine, de la nouvelle *l'Amour de la vie.*

Avec l'intrépidité qui caractérise l'obsession du sensationnel à tout prix, le *New York World* accusait London d'avoir plagié cette nouvelle sur un texte de Augustus Bridle et J. K. Mac Donald : *Lost in the Land of the Midnight Sun (Perdu dans le pays du soleil de minuit),* paru en décembre 1901 dans *McClure's Magazine.* Un plagiat que son auteur ne prenait guère la peine de dissimuler, il avait publié *l'Amour de la vie* dans le même magazine, en décembre 1905.

Le texte de Bridle et Mac Donald, un article — et non une œuvre de fiction — avait pour sous-titre : « L'Histoire vécue des pérégrinations de Charles Bunn, qui faillit bien mourir de faim au cours des huit journées passées dans des montagnes sauvages des territoires arides de l'Arctique ». Il retrace les mésaventures, authentiques, du membre d'une mission géologique canadienne. Ayant perdu ses camarades, Charles Bunn avait connu des péripéties et des souffrances fidèlement partagées par le personnage de fiction qu'il avait inspiré à London : il s'était traîné comme lui jusqu'au rivage, également poursuivi par un loup. Seule différence notable, au lieu de se débarrasser de kilos de poudre d'or, comme son reflet imaginaire, Bunn s'était délesté de quelques-uns des échantillons de roches recueillis pour le gouvernement canadien.

Dans une lettre adressée le 10 avril 1906 à S. S. McClure (éditeur du magazine portant son nom), London fournit d'intéressantes précisions sur la genèse de *l'Amour de la vie* et sur ses méthodes de travail. « C'est une pratique courante des auteurs que de puiser la matière de leurs histoires dans les journaux. Il y a là des faits pleins de vie, attendant d'être transformés en littérature. »

Il explique ensuite, par cet usage, l'accusation de plagiat que Frank Norris avait lancée contre lui quelques années plus tôt. Tous deux avaient utilisé pour argument de leur œuvre respective, un événement rapporté par des journaux différents. Il révèle ensuite ce qu'il doit au texte de Bridle et Mac Donald.

« Ce n'est pas de la fiction, et ce n'est pas de la littérature. J'ai pris les détails vivants qu'il contenait, j'en ai ajouté beaucoup d'autres pris à d'autres sources et j'ai fait, ou tenté de faire, à partir du tout, une œuvre littéraire. Il y a un autre récit de souffrance dont j'ai usé aussi largement que de *Perdu dans le pays du soleil de minuit*; il s'agit d'un article de journal consacré à un prospecteur perdu et errant, aux environs de Nome, Alaska. Outre cela, j'ai utilisé mon expérience personnelle des déplacements pénibles, de la souffrance et de la famine, et l'expérience de centaines et de milliers d'hommes dans les mêmes domaines.

« Si vous vous reportez à la fin de mon *Amour*

de la vie vous remarquerez que mon héros, une fois sauvé, soudain devient gros. Cette brusque obésité provient de ce qu'il bourre sa chemise de toute la nourriture qu'il parvient à mendier aux matelots. Je n'ai pas inventé ce détail, c'est un fait réel. Vous le trouverez dans le récit de l'Expédition polaire Greely fait par le lieutenant Greely. Je vois mal comment je pourrais être accusé d'avoir plagié le lieutenant Greely, et pourtant si j'ai plagié Augustus Bridle et J. K. Mac Donald pour une partie de mon matériau, je dois avoir aussi plagié le lieutenant Greely pour une autre partie. Et je dois avoir plagié le correspondant du journal qui a décrit l'errance du prospecteur de Nome, et je dois avoir plagié l'expérience de quantités de prospecteurs alaskans pour les récits que j'ai recueillis de leur bouche. »

London paraît avoir utilisé plusieurs fois le procédé consistant à puiser la matière brute de son inspiration dans des mémoires, récits ou articles. Franklin Walker, dans son excellent ouvrage *Jack London and the Klondike*, affirme que la célèbre nouvelle *Construire un feu* a pour base un fait rapporté par le prospecteur Josiah Lynch. Aux Mémoires du missionnaire Egerton R. Young auraient été empruntés certains détails de *l'Appel de la forêt.*

Une autre nouvelle du recueil *l'Amour de la vie : l'Imprévu (The Unexpected)* provient aussi de sources journalistiques, précisées par London, lui-même, dans une lettre au rédacteur en chef du *Seattle Post-Intelligencer,* en date du 2 août 1906.

« Je viens juste de remarquer dans le *Post-Intelligencer* du samedi 28 juillet, le dénigrement de mon histoire *l'Imprévu* publié dans *MacClure's* d'août, ou plutôt le dénigrement de l'indication que cette histoire avait un fondement réel.

» Si vous vous reportez à votre collection du *San Francisco Examiner* à la date du 14 octobre 1900, vous y trouverez un compte rendu du double meurtre commis par Michael Dennin et de sa pendaison par Mrs. Nelson aidée de son mari Hans. Je cite de cet article ce qui suit :

« La Cour des Etats-Unis devant laquelle Mrs. Nelson et Hans ont comparu sous l'accusation du crime et de l'exécution de Michael Dennin a décidé que la pendaison du meurtrier était une exécution judiciaire. »

» Bien entendu, cette nouvelle provient d'un

journal ainsi que la citation que j'ai faite. Maintenant, si aucune pendaison n'est intervenue à Latuya Bay dans l'hiver de 1899, l'histoire entière publiée dans *The Examiner* avec des apparences de vérité est un canard lancé par des journalistes. Dans ce cas, il vous appartient non pas de me chicaner comme vous l'avez fait, mais de chicaner vos collègues journalistes qui en sont responsables. »

La citation de London permet de remarquer qu'il a poussé le scrupule jusqu'à conserver le nom des personnages réels et celui des lieux.

Une lecture de *Perdu dans le pays du soleil de minuit* [1] permet d'apprécier le génie avec lequel London a fait d'un simple fait divers un chef-d'œuvre littéraire. Le vil plomb changé en or pur. La différence est évidente au niveau de l'écriture. Bridle et Mac Donald emploient un style de rapporteurs de commission administrative, truffé de poncifs ou d'adjectifs appelant le sensationnel. London, au contraire, emploie un langage feutré, une approche sobre, fondant l'émotion sur la simplicité et la banalité qui facilitent l'identification du lecteur avec le héros.

1. L'éditeur remercie M. David Schlottmann de lui avoir procuré ce texte.

Bridle et Mac Donald savent sans doute écrire, mais ils ne savent pas composer. London suit leur récit sans s'écouter. Mais employant les mêmes matériaux qu'eux, il les soumet à une organisation différente. Il s'est dispensé du fatras de précisions qui encombrent leur récit et rappelle les énumérations par lesquelles Jules Verne retardait l'action de ses romans.

Surtout, il a dramatisé l'intrigue, donnant par deux ou trois retouches une dimension tragique à ce qui chez les auteurs originaux demeure, malgré la gravité, un incident de voyage. Le héros n'est pas seulement perdu ; il est abandonné par un compagnon au moment où il se foule la cheville. Lorsque, vaincu par la fatigue, il abandonne les paquets qui le ralentissent, il se débarrasse non pas d'échantillons de roches noires, mais de sacs de poudre d'or représentant toute sa fortune et un long labeur. Il ne mange pas ses poissons demi-crus après une tentative de cuisson, mais crus, presque vivants au moment où il les pèche. Le loup ne suit pas à distance, il colle aux talons du prospecteur. L'animal n'est pas seulement affamé : il est malade et tousse de façon lugubre.

« Alors commença une tragédie, farouche

comme jamais il n'y en eut : un homme malade qui se traînait, un loup malade qui boitait. Deux créatures traînant leurs carcasses mourantes au travers de la désolation, l'une à la poursuite de l'autre.

» Si le loup avait été plein de santé, l'homme ne s'en serait pas tant soucié ; mais la pensée d'aller nourrir le ventre de cette chose dégoûtante et presque morte lui répugnait : il était difficile. »

A cet accès de pudeur humaine qui accroît l'horreur de la situation, London ajoute l'image cruelle et triste du loup léchant les traces sanglantes laissées par les genoux entamés de l'homme. Pour finir, l'animal ne s'enfuit pas au moment où l'homme touche au but. Ils engagent une lutte molle, visqueuse, fétide, le loup n'ayant plus assez de force pour « enfoncer les dents dans la nourriture qu'il avait attendue si longtemps ». L'homme, lui, trouvant l'énergie pour enfoncer les siennes dans la gorge de l'animal ; et boire le sang chaud qui lui donnera la force de ramper sur les derniers mètres.

Rien n'est plus rare que de voir une œuvre littéraire émerger de l'informe et se mettre à briller. A la faveur de ce « plagiat », Jack

L'AMOUR DE LA VIE

London se livre à une magnifique leçon de littérature. Sans doute, le talent ne s'apprend pas, mais il est toujours fascinant de le voir vibrer et agir.

Francis LACASSIN

I

L'AMOUR DE LA VIE

Alors qu'ils descendaient le long de la berge en boitant douloureusement, l'homme qui marchait le premier chancela soudain parmi les rochers. Tous deux étaient fatigués et faibles, leurs visages contractés avaient cette expression de patience que donnent les privations longtemps endurées. Ils étaient lourdement chargés de couvertures roulées et retenues par des courroies à leurs épaules : d'autres sangles qui leur passaient sur le front aidaient à soutenir le fardeau. Chaque homme portait un fusil et marchait plié en deux, les épaules en avant, la tête penchée, les yeux à terre.

— Si seulement j'avais deux cartouches... Dire que notre réserve est là-bas, enfouie dans notre cache, dit le second homme.

Sa voix était atone et lugubre. Il parlait sans enthousiasme ; l'autre qui traversait en boitant le courant écumant et laiteux, parmi les rochers, ne répondit pas.

Son compagnon le suivit sur les talons. Ils n'avaient pas enlevé leurs chaussures. L'eau était si froide que leurs chevilles leur faisaient mal et que leurs pieds s'engourdirent. A certains endroits, l'eau atteignait leurs genoux et tous deux chancelaient en cherchant où mettre le pied.

Celui qui était derrière glissa sur une pierre lisse, tomba presque mais reprit son équilibre d'un violent effort ; au même instant, il cria de douleur. Il se sentit faible et la tête lui tourna ; tandis qu'il titubait, il étendit sa main libre comme s'il cherchait un support dans le vide. Une fois d'aplomb, il avança mais glissa de nouveau et manqua de tomber. Alors il se tint immobile et regarda l'autre qui pas une fois n'avait tourné la tête.

Pendant une minute entière, il resta sans bouger comme s'il se consultait, puis il cria :

— Bill, je me suis foulé la cheville.

Bill, sans un regard derrière lui, continua à chanceler au travers du courant laiteux. L'homme le vit s'en éloigner, et quoique son visage fût aussi dénué d'expression qu'auparavant, ses yeux étaient semblables à ceux d'une biche blessée.

Son compagnon monta en boitant la berge opposée, et continua son chemin droit devant lui, sans se retourner. L'homme qui était encore au milieu du courant le regarda. Ses lèvres tremblèrent un peu, sa langue sortit pour les humecter et le poil rude et brun qui les couvrait remua visiblement.

— Bill ! cria-t-il.

C'était le cri implorant d'un homme en détresse, mais Bill ne bougea pas la tête : l'autre le regarda s'éloigner ; il boitait grotesquement et titubait, en montant d'un pas indécis la pente douce qui allait rejoindre la ligne délicate que la petite colline traçait à l'horizon. Ses yeux suivirent Bill jusqu'au moment où il eut atteint la crête et disparu. Alors il détourna son regard et lentement contempla le cercle du monde dans lequel il restait seul, maintenant que son compagnon était parti.

Près de l'horizon, le feu du soleil couvait, obscur et presque masqué par les brouillards et les vapeurs informes, mais qui donnaient une impression de masse et de densité intangible et sans contour.

L'homme sortit sa montre en portant tout son poids sur une jambe. Il était quatre heures, et comme on se trouvait aux environs des derniers jours de juillet ou du premier août — il ignorait la date précise à une semaine près — il savait que le soleil devait marquer approximativement le nord-ouest.

Il regarda vers le sud ; il savait que quelque part, derrière ces hauteurs mornes, il y avait le lac du Grand-Ours ; il savait aussi que dans cette direction, le redoutable cercle arctique coupait son chemin au travers des déserts canadiens. Le courant, dans lequel il était, alimentait la rivière Coppermine qui à son tour coulait vers le Nord et se vidait dans le golfe du Couronnement et dans l'océan Arctique. Jamais il n'y était allé, mais un jour il avait étudié cette région sur une carte de la Compagnie de la Baie d'Hudson.

Son regard compléta le cercle autour de lui : ce n'était pas un spectacle réjouissant. Partout, la ligne douce de l'horizon, les collines toutes basses. Il n'y avait ni arbres, ni buissons, ni herbes, rien qu'une désolation terrible à cause de son immensité. Cette vue mit promptement la frayeur dans ses yeux.

— Bill ! murmura-t-il une fois, puis une fois encore, Bill !

Toujours debout dans l'eau laiteuse, il se sentit tout petit comme si l'immensité pesait sur lui avec une force écrasante, et le broyait brutalement de son calme terrifiant.

Il commença à trembler comme dans un accès de fièvre si bien que sa carabine tomba de sa main en l'éclaboussant. Cet incident le ramena à lui-même : il lutta contre sa peur, se ressaisit et, tâtonnant dans l'eau, retrouva son arme. Il reporta le poids de son fardeau sur l'épaule gauche afin d'alléger en partie la cheville démise. Puis il s'avança doucement et prudemment vers la berge tout en grimaçant de douleur.

Il ne s'arrêta pas. Avec un désespoir proche de la folie, sans prendre garde à la douleur, il se hâta de remonter la pente de la colline derrière laquelle son camarade avait disparu. Mais à la crête, il découvrit une vallée peu profonde et sans vie. De nouveau il lutta contre sa frayeur, la surmonta, fit peser sa charge plus encore sur l'épaule gauche et clopin-clopant descendit la pente.

Le fond de la vallée était saturé d'eau que la mousse épaisse retenait à la surface comme une éponge. A chaque pas, l'eau giclait de dessous ses semelles et chaque fois qu'il levait un pied, le mouvement se terminait par un bruit de succion comme si la mousse lâchait prise à regret. Il fit son chemin pas à pas et suivit les traces de l'autre homme en empruntant les petits bancs de rochers qui sortaient comme autant d'îles de cette mer de mousse.

Il était seul, mais pas égaré. Il savait que plus loin, il arriverait dans la zone où les pins et les sapins morts, minuscules et rabougris, bordaient la rive d'un petit lac ; c'était le *titchinnichilie* dans la langue du pays, « la contrée des petits bâtons ». Et dans ce lac coulait une petite rivière qui n'était pas laiteuse. On y trouvait des roseaux, cela il se le rappelait bien, mais pas de bois ; il la suivrait jusqu'au point où le premier filet d'eau sort de la colline. Il traverserait cette colline et atteindrait la source d'une autre rivière qui s'en va vers l'ouest et qu'il longerait jusqu'à son confluent avec le fleuve Dease : là il trouverait une cache sous un canot renversé et couvert d'un amas de pierres. Dans cette cache il y aurait des munitions pour sa carabine vide, des hameçons et des lignes, un petit filet, tout ce qui est nécessaire pour tuer et attraper la nourriture. Il trouverait aussi de la farine — pas beaucoup —, un morceau de lard et des haricots.

Bill l'attendrait là-bas et ils descendraient à la pagaie la Dease vers le sud jusqu'au lac du Grand-Ours. Ils iraient au sud, traverseraient le lac et gagneraient le Mackenzie et toujours vers le sud ils continueraient alors que l'hiver les poursuivrait en vain ; que la glace se formerait dans le creux des rives et qu'au fil des jours, l'air deviendrait plus froid et plus mordant. Et ils iraient à un poste de la Baie d'Hudson où on peut se chauffer, où le bois pousse grand et généreux et où il y a des vivres à foison.

Telles étaient les pensées de l'homme alors qu'il poussait de l'avant. Mais s'il luttait de son corps, il luttait autant de son esprit, tâchant de se persuader que Bill ne l'avait pas abandonné, que Bill sûrement l'attendrait à la cache. Il était forcé de penser cela, sinon il eût été inutile de lutter et il se serait couché pour mourir. Et pendant que le globe obscurci du soleil descendait doucement dans le nord-ouest, il se représentait, pas à pas, leur fuite devant l'hiver menaçant. Et il énumérait dans son esprit toutes les provisions que contenait la cache et les vivres du comptoir de la Compagnie de la Baie d'Hudson.

Ça faisait deux jours qu'il n'avait pas mangé ; depuis plus longtemps encore il n'avait pas mangé à sa faim. Souvent il se baissait et ramassait les baies pâles de muskeg, les mettait dans sa bouche, les mâchait et les avalait. Une baie de muskeg est un grain enfermé dans un peu d'eau ; l'eau fond dans la bouche et le grain mâché est sur et amer. L'homme savait que les baies ne possèdent aucune valeur nutritive, mais il les mâchait patiemment avec un espoir qui, plus fort que la science, défiait l'expérience.

A neuf heures il heurta son orteil à l'arête d'un rocher, chancela et tomba d'éreintement et de faiblesse. Il resta couché sur le côté, sans mouvement ; puis il se dégagea des courroies de son fardeau et se mit maladroitement sur son séant. Il ne faisait pas encore noir, et à la lueur du crépuscule, il se traîna parmi les rochers pour trouver des lambeaux de mousse sèche. Après en avoir ramassé un tas, il construisit un feu, un feu qui couvait sans force, et mit à bouillir de l'eau dans un pot de fer-blanc.

Il défit son fardeau et son premier soin fut de compter ses allumettes : il en avait soixante-sept ; il les compta trois fois pour plus de sûreté. Il les divisa en plusieurs lots qu'il enveloppa dans du papier huilé, puis mit un paquet dans sa blague à tabac vide, un autre dans la coiffe de son chapeau déformé, un troisième sous sa chemise contre sa poitrine : quand il eut fini, la terreur le prit ; il défit les trois paquets et les compta encore une fois. Il y en avait toujours soixante-sept.

Il sécha ses chaussures mouillées, près du feu, les mocassins étaient des loques flasques ; les chaussettes coupées dans des couvertures de laine étaient trouées par endroits, et ses pieds à vif saignaient. Sa cheville l'élançait, il l'examina ; elle s'était enflée et était devenue de la grosseur de son genou. Il déchira une longue bande de l'une de ses deux couvertures et l'enroula serrée autour de la cheville. Il découpa d'autres bandes dont il entoura ses pieds en guise de chaussettes et de mocassins. Puis il but le pot d'eau chaude, remonta sa montre et se coula sous ses couvertures.

Il dormit comme un mort. L'obscurité courte du milieu de la nuit vint et disparut ; le soleil se leva au nord-est, du moins le jour parut dans cette direction, car le soleil était caché par des nuages gris.

A six heures, il s'éveilla, couché sur le dos. Il

regarda droit vers le ciel gris et sut qu'il avait faim. Comme il se tournait sur son coude, il fut surpris d'entendre un ronflement sonore et vit un caribou mâle qui le regardait avec une curiosité alerte. L'animal n'était pas à plus de vingt mètres ; instantanément l'homme vit un filet savoureux de caribou chantant et grillant sur le feu. Machinalement, il tendit la main vers le fusil vide, visa et pressa la détente. Le caribou renâcla et s'enfuit ; les sabots résonnaient et claquaient parmi les rochers tandis qu'il détalait.

L'homme jura et jeta le fusil loin de lui ; il gémit tout haut lorsqu'il essaya de se mettre sur ses pieds. C'était une tâche difficile et lente ; ses jointures étaient comme des mécanismes rouillés, jouaient dans leurs alvéoles avec beaucoup de frottement : chaque flexion, chaque raidissement ne pouvait s'accomplir que grâce à un effort de volonté. Une fois sur ses pieds, il lui fallut une minute ou deux pour se mettre droit.

Il se traîna vers un petit monticule et regarda devant lui. Il n'y avait ni arbres, ni buissons, rien qu'une mer de mousse grise à peine coupée par des rochers gris, de petits lacs et des ruisseaux gris. Le ciel était gris : il n'y avait ni soleil ni espoir de soleil. Il n'avait pas idée où était le nord et il avait oublié la direction qu'il avait prise la nuit précédente pour arriver à cet endroit. Mais il n'était pas perdu, il le savait. Il parviendrait bientôt au « pays des petits bâtons » : il avait le sentiment que c'était quelque part vers la gauche, pas loin, qui sait, juste de l'autre côté de la première colline basse.

Il revint sur ses pas pour mettre son bagage en ordre pour la route. Il s'assura de la présence des trois différents paquets d'allumettes, mais sans s'attarder cette fois à les compter. Mais il hésita, incertain, au sujet d'un sac bien bourré, en peau d'élan qui pourtant n'était pas volumineux — il pouvait le cacher sous ses deux mains ; il savait qu'il pesait quinze livres, autant que le reste du bagage. Ce sac le tourmentait. Finalement, il le posa de côté et se mit à rouler son paquetage. Il s'arrêta pour regarder le sac de cuir qu'il ramassa à la hâte, en jetant tout autour de lui un regard méfiant, comme si la désolation allait le lui voler. Quand il se mit sur ses pieds pour commencer la marche chancelante de la journée, le sac faisait partie du bagage qu'il avait sur le dos.

Il alla vers la gauche, en s'arrêtant de temps à autre pour manger des baies de muskeg. Sa cheville était ankylosée, il boitait plus bas, mais la douleur n'était rien, comparée à celle de son estomac. Les tiraillements de la faim étaient aigus et le mordaient sans relâche si bien qu'il ne pouvait pas fixer son esprit sur la route à suivre pour gagner le « pays des petits bâtons ». Les baies de muskeg n'apaisaient pas ces tiraillements, leurs morsures rendaient douloureux sa langue et son palais.

Il arriva dans une vallée où les *ptarmigans* [1] de rocher se levaient des muskegs et de l'arête des rocs avec un bruissement d'ailes et en criant : « ker, ker, ker ». Il leur lança des pierres, mais ne put les atteindre ; il posa son bagage et les poursuivit comme un chat poursuit un moineau. Les rochers aigus coupèrent ses pantalons jusqu'à ses genoux, qui étaient couverts de sang. Mais cette douleur était plus supportable que celle de la faim. Il se roula dans la mousse mouillée ; ses vêtements furent trempés et il se gela le corps ; mais il ne s'en aperçut pas, tant sa quête fébrile pour trouver à manger était

1. Sorte de coq de bruyère.

grande. Et chaque fois les ptarmigans se levaient, voletaient devant lui, jusqu'à ce que leurs « ker, ker, ker » deviennent pour lui une moquerie ; il les maudit et tout haut leur jeta leur propre cri.

Une fois, il rampa vers un oiseau qui devait dormir : il ne l'aperçut que quand la bête se leva de son coin de rocher et lui frappa la figure. Aussi surpris que le ptarmigan, il tenta de le saisir et seules trois plumes de sa queue lui restèrent dans les mains. Pendant qu'il le regardait voler, il l'injuria, comme si l'oiseau l'avait offensé. Puis il revint sur ses pas et reprit son bagage.

A mesure que le jour avançait, il arriva dans des vallées où le gibier était plus abondant. Une bande de caribous comptant une vingtaine d'animaux passa à portée de carabine, un supplice de Tantale. Il sentit un désir fou de les poursuivre, certain de pouvoir les atteindre. Un renard noir vint de son côté ; il portait un ptarmigan dans la gueule. L'homme hurla : c'était un cri terrible, mais le renard, bondissant de frayeur, ne lâcha pas sa proie.

Tard dans l'après-midi, il suivit un ruisseau, blanc de chaux, qui courait au travers de minces bouquets de joncs épars. Saisissant ces joncs fermement près de la racine, il tira dessus ; on aurait dit une pousse d'oignon pas plus grosse qu'un clou à ardoises.

C'était tendre et ses dents l'entamaient avec un broiement qui promettait un régal. Mais les fibres étaient résistantes, des filaments filandreux saturés d'eau et, comme les baies, sans aucune valeur nutritive. Il se débarrassa de son bagage et alla sur les genoux et sur les mains parmi les joncs en ruminant comme un bovidé.

Il était harassé et souhaitait souvent se reposer, se coucher et dormir ; mais il était continuellement poussé, non pas tant par le désir de gagner le « pays des petits bâtons » que par la faim. Dans les petites mares il chercha des grenouilles et fouilla la terre avec ses ongles pour y trouver des vers alors qu'il savait très bien que ni grenouilles ni vers n'existaient si loin vers le nord.

Il regarda en vain dans chaque mare. Enfin, vers le crépuscule, il découvrit dans l'une d'elles un poisson solitaire, pas plus gros qu'un véron. Il plongea son bras jusqu'à l'épaule, mais le manqua. Il le chercha des deux mains et remua la boue laiteuse du fond. Dans son ardeur, il tomba dans la mare et se trempa jusqu'à la ceinture. Puis, l'eau devint trop trouble pour lui permettre de voir le poisson, et il lui fallut attendre qu'elle se fût éclaircie.

Il renouvela la poursuite jusqu'au moment où l'eau redevint boueuse, mais il ne pouvait attendre davantage ; il déboucla son seau de fer-blanc et commença à vider la mare. Tout d'abord, il travailla avec tant d'ardeur qu'il s'éclaboussa, et jeta l'eau trop près, de sorte qu'elle recoulait dans la mare. Puis il fit preuve de plus de méthode et essaya de rester calme malgré son cœur qui battait contre ses côtes et ses mains tremblantes. Au bout d'une demi-heure, la mare était presque à sec : il n'y restait plus une tasse d'eau. Pas de poisson.

Il trouva parmi les pierres une crevasse cachée par laquelle le poisson s'était échappé dans une mare voisine plus grande, qu'il n'aurait pas vidée en un jour et une nuit. S'il avait su l'existence de la crevasse, il aurait pu la boucher à l'aide d'une pierre dès le commencement et il aurait attrapé le poisson.

A cette pensée il s'affaissa sur la terre humide. Il pleura doucement, puis tout haut à la désolation impitoyable qui l'entourait et longtemps après, il fut secoué par de gros sanglots sans larmes.

Il alluma un feu et se chauffa en buvant des quarts d'eau chaude, puis installa son camp sur un rebord de rocher comme il l'avait fait la nuit précédente. Son dernier acte fut de voir si ses allumettes étaient sèches et de remonter sa montre. Les couvertures étaient humides. Sa cheville avait des élancements douloureux. Mais il ne savait qu'une chose : il avait faim ; et durant son sommeil agité, il rêva de fêtes, de banquets et de mets présentés de toutes les façons imaginables.

Il se réveilla transi et défaillant. Il n'y avait pas de soleil. Le gris du ciel et de la terre était devenu plus foncé, plus profond. Un vent âpre soufflait et les premières nappes de neige blanchissaient le sommet des collines. Autour de lui, l'air s'était épaissi et avait blanchi alors qu'il faisait encore bouillir de l'eau. C'était de la neige mêlée de pluie, dont les flocons étaient larges et inconsistants. D'abord ils fondirent au contact de la terre ; mais il en tomba tant que le sol en fut couvert. Le feu s'éteignit et la provision de mousse sèche fut perdue.

Ce fut pour lui le signal de remettre le bagage sur son dos et de partir, il ne savait pas pour où. Il ne songeait pas au « pays des petits bâtons », ni à Bill, ni à la cache sous le canot retourné, près de la Dease. Il était subjugué par le mot Manger. Il était fou tellement il avait faim. Il ne prenait pas garde à la direction qu'il suivait pourvu qu'elle menât toujours par le fond des petites vallées. Il traversa un champ de neige pour arriver aux baies de muskeg et c'est à tâtons qu'il trouva les roseaux qu'il tira par les racines. Mais cette nourriture n'avait aucun goût et ne le satisfit point. Il découvrit une herbe aigre et mangea toute la partie supérieure, ce qui était peu, car la plante rampante disparaissait sous quelques centimètres de neige.

Ce soir-là, il n'eut ni feu, ni eau chaude et se coula sous la couverture pour dormir d'un sommeil agité par la faim.

La neige se changea en pluie froide, il se réveilla maintes fois car il la sentait tomber sur sa figure. Le jour vint, un jour gris et sans soleil. La pluie avait cessé, l'acuité de sa faim avait disparu. La sensibilité, en ce qui concernait le désir de manger, était tarie. Il sentait dans ses entrailles une souffrance sourde et profonde, mais cela ne le tourmentait plus autant. Il était devenu plus raisonnable et, une fois encore, le « pays des petits bâtons » éveillait son intérêt ainsi que la cache près de la rivière Dease.

Il déchira le reste d'une de ses couvertures, en fit des bandes qu'il enroula autour de ses pieds en sang. Il resserra le bandage de sa cheville blessée et se prépara pour une journée de marche. Lorsqu'il refit son bagage, il hésita longtemps en regardant le sac bien bourré, en peau d'élan mais à la fin le prit avec lui.

La neige avait fondu sous l'effet de la pluie, et les crêtes des collines seules montraient une blancheur. Le soleil ayant disparu, l'homme arriva à s'orienter sans ignorer pourtant qu'il s'était égaré. Peut-être dans son vagabondage des jours précédents avait-il appuyé trop sur la gauche. Maintenant il alla vers la droite afin de reprendre la bonne direction, au cas où il se serait trompé.

Si les tiraillements de la faim n'étaient plus si aigus, il constata qu'il était toujours faible. Il lui fallait s'arrêter souvent pour prendre haleine, alors il s'attaquait aux baies de muskeg et aux mottes de roseaux.

Sa langue lui parut sèche, enflée et comme couverte de poils : il avait un goût amer dans la bouche. Son cœur lui donna de grandes inquiétudes ; après quelques minutes de marche, il commençait à battre à grands coups répétés, puis à bondir en une série de pulsations douloureuses qui l'étouffaient, l'affaiblissaient et lui donnaient le vertige.

Au milieu de la journée, il trouva deux petits poissons dans une grande mare. Il était impossible de la vider ; mais comme il était plus calme maintenant il arriva à les attraper avec son seau de fer-blanc. Ils n'étaient pas plus longs que son petit doigt, mais il n'avait pas grand faim. La douleur sourde de ses entrailles s'était émoussée et affaiblie ; il lui semblait que son estomac s'était endormi. Il mangea le poisson cru, en le mâchant avec grand soin, car manger était un acte de pure raison. Même sans éprouver le désir de manger, il savait qu'il lui fallait manger pour vivre.

Le soir, il attrapa encore trois poissons, en mangea deux et garda le troisième pour le déjeuner du matin. Le soleil avait séché des lambeaux de mousse ; il put se réchauffer avec de l'eau chaude. Il n'avait pas fait plus de quinze kilomètres ce jour-là : le jour suivant, marchant quand son cœur le lui permettait, il n'en fit pas plus de sept. Mais son estomac endormi ne lui donna pas la moindre inquiétude.

Il se trouvait dans un pays nouveau : des caribous commençaient à se montrer fréquemment, ainsi que des loups. Souvent leurs hurlements s'élevaient au milieu de la désolation ; une fois il en vit trois s'enfuir devant lui.

Une autre nuit, puis le matin : comme il était capable de raisonner, il dénoua le lien de cuir qui fermait le sac en peau d'élan. De l'ouverture coula un filet jaune de poudre d'or et de pépites. Il partagea son magot à peu près en deux moitiés, cacha l'une sous un rocher, enveloppée dans un morceau de couverture, et remit l'autre dans le sac. Il commença à se servir des morceaux de sa dernière couverture pour bander ses pieds. Il garda son fusil, car il y avait des cartouches dans la cache près de la rivière Dease.

Au cours de cette journée de brouillard, la faim se réveilla de nouveau en lui. Il était très faible et souffrait de vertiges qui parfois le rendaient aveugle. Il n'était pas rare maintenant qu'il chancelât et tombât ; et une fois il s'écroula en plein sur un nid de ptarmigans. Quatre jeunes venaient d'y éclore la veille, fragments de vie pantelante qui ne formeraient qu'une bouchée. Il les mangea gloutonnement en les mettant vivants dans sa bouche et les broya entre ses dents comme des coquilles d'œufs. La mère vola autour de lui en criant ; il se servit de son fusil comme d'une massue pour l'assommer, mais elle se maintint hors de portée. Il lui jeta des pierres et par hasard lui cassa une aile. Alors elle s'enfuit en voletant ; son aile brisée battait lamentablement, tandis que l'homme se lançait à sa poursuite.

Les petits n'avaient fait qu'aiguiser son appétit. Il sautillait et clopin-clopant, à cause de sa cheville, lançait des pierres et parfois jetait des cris rauques. Parfois il allait silencieux, se ramassait, renfrogné et patient quand il tombait, ou se frottait les yeux de ses mains quand le vertige menaçait de le prendre.

La poursuite le mena dans un terrain marécageux, au fond de la vallée, et il aperçut des empreintes dans la mousse molle. Ce n'étaient pas les siennes, il en était sûr ; donc ce devaient être celles de Bill. Mais il ne pouvait pas s'arrêter, car l'oiseau fuyait toujours : il l'attraperait d'abord puis reviendrait pour reconnaître les empreintes.

Il fatigua la « bête », mais se fatigua aussi lui-même. Elle était couchée sur le côté, haletante, il était couché sur le flanc, haletant, à quatre mètres de distance, incapable de ramper vers elle. Et tandis qu'il reprenait des forces, elle en reprit en même temps ; l'oiseau voleta hors de portée au moment où la main rapace de l'homme allait le saisir. La chasse recommença : la nuit survint et la mère ptarmigan s'échappa. Son bagage toujours sur le dos, il trébucha de faiblesse et, tombant la tête en avant, il se coupa la joue.

Pendant longtemps, il ne bougea plus, puis il roula sur le côté, remonta sa montre et resta là couché jusqu'au matin.

Un autre jour de brouillard. La moitié de sa couverture lui avait servi à faire des pansements pour ses pieds. Il ne put retrouver les traces de Bill, cela ne faisait rien ; sa faim le poussait avec trop de force ; pourtant il se demandait si Bill lui aussi était perdu.

La fatigue causée par sa charge devenait insupportable ; il partagea de nouveau l'or ; cette fois, il se contenta de verser la moitié sur le sol. L'après-midi, il jeta le reste. Il ne gardait plus qu'une demi-couverture, le seau de fer-blanc et sa carabine.

Une hallucination commença à le saisir : il était persuadé qu'il lui restait une cartouche oubliée dans le magasin de son fusil ; d'autre part il savait que l'arme était vide, mais l'hallucination persistait. Pendant des heures il la combattit, puis vérifia le chargeur et constata qu'il était bien vide. Le désappointement fut aussi amer que s'il avait réellement espéré trouver une cartouche.

Il continua sa marche pendant une demi-heure lorsque l'hallucination recommença. Il lutta de nouveau ; il lui fallut vérifier une fois encore le magasin de sa carabine, rien que pour se convaincre. Par moments, l'esprit au loin, il continuait à marcher, tel un automate, tandis que des idées étranges et des lubies lui rongeaient le cerveau comme des vers. Mais ces divagations étaient de courte durée car les angoisses de la faim mordante le rappelaient sans cesse à la réalité.

Il fut tiré d'une de ces rêveries par un spectacle qui faillit le faire s'évanouir. Il tourna sur lui-même et chancela comme un homme ivre qui se retient de tomber. Devant lui, il y avait un cheval... un cheval ! Il ne pouvait en croire ses yeux, car ils étaient voilés d'un épais brouillard troué de points de lumière brillants. Il les frotta furieusement pour rendre sa vision plus claire et vit non pas un cheval mais un grand ours brun. L'animal l'étudiait avec une curiosité belliqueuse.

L'homme avait presque épaulé sa carabine avant d'être revenu à la réalité : il l'abaissa et sortit son couteau de chasse de la gaine ornée de perles qui pendait à sa hanche. Devant lui, il y avait de la viande... la vie. Il fit glisser son pouce le long du fil de la lame ; elle était bien aiguisée. Il allait se précipiter sur la bête et la tuer. Mais son cœur recommença à le prévenir par ses battements, ses bonds fous et une série de palpitations : un étau de fer semblait lui presser le front, le vertige lui montait au cerveau.

Son courage désespéré fut chassé par un grand sursaut de peur : faible comme il était, que ferait-il si l'animal l'attaquait ? Il se redressa de toute sa hauteur, serrant son couteau, les yeux braqués sur l'ours. L'animal fit gauchement deux pas en avant, se mit sur ses pattes de derrière et essaya un grognement. Si l'homme s'enfuyait, il le poursuivrait ; mais l'homme ne s'enfuit pas, animé soudain du courage de la frayeur. Lui aussi grognait, sauvagement, furieusement, donnant voix à la peur, cette sœur de la vie qui repose enroulée autour des racines les plus profondes de l'existence.

L'ours s'éloigna de côté, grognant des menaces, étonné de cette créature mystérieuse qui apparaissait, debout et sans peur. Mais l'homme ne bougea pas ; il se tint comme une statue en attendant que le danger fût passé ; alors il succomba aux tremblements et tomba sur la mousse humide.

Il se ressaisit, et continua, rempli à présent d'une autre frayeur. Ce n'était plus l'effroi de mourir passivement du manque de nourriture, mais bien la peur d'être anéanti de façon violente avant que la faim n'eût détruit le dernier souffle qui soutenait en lui le désir de vivre. Il y avait les loups : leurs hurlements traversaient la désolation, et semblaient tisser l'air même en un voile menaçant, si tangible que l'homme se surprit, les bras levés comme pour le repousser loin de lui telles les parois d'une tente abattue par le vent.

De temps à autre, les loups traversaient son

chemin en troupes de deux et de trois ; mais ils passaient à distance. Ils n'étaient pas en nombre suffisant ; d'ailleurs ils chassaient le caribou qui ne se bat pas, tandis que cette étrange créature qui marchait debout aurait pu griffer et mordre.

Tard dans l'après-midi il trouva des os épars, à l'endroit où les loups avaient tué. Ces restes avaient été une heure auparavant un jeune caribou beuglant, courant et plein de vie. Il regarda les os nettoyés et polis, encore rosés de cellules de vie qui n'étaient pas encore mortes. Etait-ce possible qu'il subisse le même sort avant la fin du jour ? C'était ça la vie ? Une chose vaine et fugitive. Seule la vie fait souffrir, il n'y a pas de souffrance dans la mort. Mourir, c'était dormir, c'était la fin, le repos. Alors pourquoi n'était-il pas satisfait de mourir ?

Mais ses réflexions ne durèrent pas longtemps. Assis dans la mousse, un os dans la bouche, il suçait les bribes de vie qui le coloraient encore légèrement de rose. Le goût agréable de la viande, à peine prononcé et fugitif comme un souvenir, le rendit fou. Il ferma les mâchoires sur l'os et broya : parfois l'os se brisait, parfois c'étaient ses dents. Puis il cassa les os entre des pierres, les moulut en une bouillie qu'il avala. Dans sa hâte, il se broya les doigts et malgré cela trouva le temps de s'étonner du fait que ses mains ne le faisaient pas beaucoup souffrir.

Vinrent des jours terribles de neige et de pluie. Il ne savait pas quand il avait campé, quand il s'était remis en route ; il voyageait la nuit autant que le jour. Il se reposa chaque fois qu'il tombait, se traîna pour poursuivre son chemin chaque fois que la vie mourante qui était en lui se rallumait et brûlait un peu plus. En tant qu'homme, il ne luttait plus ; c'était la vie qui ne voulait pas cesser et qui le poussait de l'avant. Il ne souffrait pas ; ses nerfs s'étaient émoussés, paralysés, alors que son cerveau était rempli de visions étranges et de rêves délicieux.

Cependant il suçait et mâchait les os broyés du jeune caribou dont il avait ramassé et emporté les plus petits débris. Il ne traversa plus ni collines ni monts, mais suivit instinctivement un grand fleuve, qui coulait dans une vallée large et peu profonde. Il ne vit ni le fleuve, ni la vallée ; il ne vit rien, sinon des visions. Son âme et son corps se traînaient côte à côte et cependant séparés l'un de l'autre, tant le fil qui les unissait était ténu.

Il se réveilla très lucide ; il était couché sur le dos, au rebord d'un rocher. Le soleil brillait clair et chaud. Au loin, il entendit le beuglement de jeunes caribous. Il se souvenait vaguement de pluie, de vent et de neige, mais sans savoir s'il avait été pris dans la tempête pendant deux jours ou deux semaines.

Un moment, il resta couché sans mouvement ; le gai soleil l'inondait, pénétrant de sa chaleur son corps misérable. Une belle journée, pensa-t-il. Peut-être arriverait-il à se repérer : d'un effort pénible il roula sur le côté. Au-dessous de lui coulait une large rivière ; au cours lent dont l'aspect étrange l'embarrassa. Il la suivit doucement des yeux : elle se déroulait, avec de larges boucles, parmi les monts nus et froids, plus nus, plus froids et moins élevés que les sommets qu'il avait rencontrés jusqu'alors.

Lentement, posément et sans montrer plus qu'un intérêt passager, il regarda le cours de la rivière inconnue vers la ligne d'horizon et la vit se déverser dans une mer calme et éclatante. Il restait sans émotion : étrange, pensa-t-il ; était-ce une vision ou un mirage ? Plutôt une vision, une phantasmagorie de son esprit déséquilibré. Cette idée se confirma lorsqu'il vit un bateau, à l'ancre, au milieu de la mer resplendissante. Il ferma les yeux pendant un moment, puis les rouvrit. Chose curieuse, la vision persistait ; pourtant non. Ce n'était pas bizarre. Il savait qu'il n'y avait ni mers ni bateaux au cœur de ce pays stérile, tout comme il avait su qu'il n'y avait pas de cartouches dans sa carabine vide.

Il entendit un grognement derrière lui, une sorte de soupir ou de toux à demi-étranglée ; il roula sur l'autre côté, très doucement, à cause de sa faiblesse excessive. À proximité, il ne voyait rien, mais il attendit patiemment. De nouveau il entendit le grognement et la toux ; il perçut la tête grise d'un loup, une silhouette entre deux rochers déchiquetés, à moins de dix mètres de lui. Contrairement aux autres animaux de cette espèce, les oreilles pointues étaient légèrement couchées, les yeux chassieux et veinés de sang, la tête semblait pendre mollement et sans volonté. La bête clignait des paupières continuellement sous le soleil, et paraissait malade ; tandis qu'il regardait, le loup renifla et toussa de nouveau.

Cela au moins était réel, pensa-t-il ; et il se retourna afin de voir la réalité du monde que la vision lui avait cachée. Mais la mer brillait encore dans le lointain et le vaisseau se discernait nettement. Etait-ce la réalité après tout ? Il ferma les yeux pendant longtemps, afin de réfléchir, puis il comprit. Comme il avait marché dans la direction nord-est, il s'était éloigné de la chaîne de Dease pour s'engager dans la vallée Coppermine. Cette mer éblouissante, c'était l'océan Arctique ; ce bateau, un baleinier égaré à l'est de l'embouchure du Mackenzie et ancré dans le golfe du Couronnement. Il se rappelait la carte de la Compagnie de la Baie d'Hudson, qu'il avait consultée il y a longtemps : tout était clair maintenant.

Il se mit sur son séant et porta son attention vers les problèmes de l'instant. Il avait usé complètement les morceaux de couverture qui pansaient ses pieds enflés et à vif. Sa dernière couverture, sa carabine et son couteau, tout avait disparu. Il avait perdu son chapeau quelque part ainsi que les allumettes qui étaient dans la coiffe : mais celles qu'il portait contre sa poitrine étaient intactes et sèches dans la blague à tabac et le papier huilé. Il regarda sa montre ; elle marquait onze heures et marchait encore ; évidemment il n'avait pas oublié de la remonter.

Il était calme et maître de lui ; malgré sa faiblesse, il n'éprouvait aucune sensation de douleur. Il n'avait pas faim : la pensée de manger ne lui était même pas plaisante et tout ce qu'il faisait était dicté par sa raison seule. Il déchira les jambes de ses pantalons jusqu'aux genoux et s'en enveloppa les pieds. Dieu seul sait comment il avait réussi à garder son seau de fer-blanc. Il allait avoir de l'eau chaude avant d'entreprendre ce qui lui semblait un terrible voyage vers le navire.

Ses gestes étaient lents, il tremblait comme pris de paralysie : lorsqu'il commença à ramasser de la mousse sèche, il s'aperçut qu'il ne pouvait pas se tenir sur ses jambes. A plusieurs reprises il essaya, puis se résigna à se traîner à quatre pattes. Une fois il rampa du côté du loup malade. L'animal comme à contrecœur, se dérangea de son chemin tout en léchant ses babines d'une langue qu'il semblait avoir peine à tenir retroussée. L'homme remarqua que, contre l'ordinaire, la langue n'avait pas la rougeur de la santé ; d'un brun jaunâtre elle semblait sèche et couverte d'un mucus rugueux.

Après avoir bu un quart d'eau chaude, l'homme estima qu'il lui était possible de se tenir debout, même de marcher autant qu'un moribond peut le faire. Presque à chaque minute, il était obligé de se reposer : ses pas étaient faibles et incertains, comme l'étaient ceux du loup qui le suivait ; et cette nuit-là, lorsque la mer brillante disparut dans l'obscurité, il comprit qu'il ne s'en était rapproché que de six kilomètres.

Pendant la nuit, il entendit la toux du loup malade et de temps à autre le beuglement des jeunes caribous. La vie était là, tout autour de lui, mais c'était de la vie forte, résistante et pleine de santé. Il savait bien que le loup malade s'attachait aux pas de l'homme malade dans l'espoir que l'homme mourrait le premier. Le matin, en ouvrant les yeux, il remarqua le loup qui le regardait avec des yeux envieux et affamés. L'animal se tenait accroupi, la queue entre les jambes, comme un chien misérable et triste. Il grelottait dans le vent glacial du matin et retroussait instinctivement les babines quand l'homme lui parlait d'une voix qui n'atteignait qu'à un chuchotement rauque.

Le soleil se leva brillant, et pendant toute la matinée l'homme chancela et tomba tout en suivant la direction où se trouvait le navire, vers la mer étincelante. Le temps était parfait ; c'était le court été indien des latitudes élevées. Cela pouvait durer une semaine ; demain ou après-demain, le temps pouvait changer, aussi bien.

Dans l'après-midi, l'homme rencontra des traces, celles d'un autre homme qui n'avait pas marché mais qui s'était traîné à quatre pattes. Il pensa que cela aurait pu être Bill, mais dans son esprit, cette idée demeura vague et désintéressée. Il n'avait aucune curiosité ; de fait, l'émotion et les sensations l'avaient abandonné. Dès lors il n'était plus sensible à la souffrance, l'estomac et les nerfs s'étaient endormis. Pourtant la vie qui l'habitait le poussait en avant : il était très fatigué ; mais cette étincelle de vie refusait de mourir. C'était parce qu'elle refusait de disparaître qu'il mangeait encore des baies de muskeg et des petits poissons, buvait de l'eau chaude et avait l'œil sur le loup malade.

Il suivit la trace de l'autre homme qui s'était traîné et arriva bientôt à... quelques os fraîchement nettoyés, dans un endroit où la mousse spongieuse était marquée par les traces de pattes d'un grand nombre de loups. Il vit un petit sac bien bourré, en peau d'élan, le frère du sien, et que les dents aiguës avaient déchiré. Il le ramassa malgré le poids qu'il représentait pour ses doigts faibles. Bill l'avait porté jusqu'au bout, ha ! ha ! C'est lui qui pourrait rire de Bill ; il survivrait et porterait le sac au bateau sur la mer éclatante. Son rire était rauque et horrible comme un cri de corbeau, et le loup malade hurlant lugubrement se joignit à lui. L'homme coupa court à son hilarité. Comment pouvait-il rire de Bill, s'il s'agissait bien de lui, si ces os si blancs, si rosés et propres étaient Bill ?

Il se détourna : Bill l'avait abandonné, mais il ne voulait pas prendre l'or ni sucer les os de Bill. Pourtant Bill aurait fait ça, pensa-t-il, si les rôles avaient été renversés.

Il arriva à une mare. Alors qu'il se baissait pour chercher des poissons, il rejeta sa tête en arrière comme s'il avait été piqué. Il avait vu son visage reflété dans l'eau. C'était si horrible que sa sensibilité se réveilla suffisamment pour être frappée par le spectacle. Il y avait trois poissons dans la mare, trop grande pour être vidée ; aussi, après plusieurs vaines tentatives pour les attraper dans le seau de fer-blanc, y renonça-t-il. Il craignit, à cause de sa grande faiblesse, de tomber et de se noyer. C'est pour cette même raison qu'il ne s'aventura pas sur la rivière, qu'il aurait pu descendre en enfourchant un des nombreux troncs d'arbres qui se trouvaient dans les anses de sable.

Ce jour-là, il avait diminué de cinq kilomètres la distance qui le séparait du navire. Le jour suivant, de trois ; car il rampait maintenant comme Bill avait rampé, et à la fin du cinquième jour il découvrit que le navire était éloigné de dix kilomètres : pourrait-il seulement en faire deux par jour ? Comme l'été indien durait, l'homme continua à se traîner et à s'évanouir tour à tour, et toujours le loup malade toussait et reniflait sur ses talons.

Ses genoux à vif, comme ses pieds qu'il avait enveloppés dans la chemise qu'il avait précédemment sur le dos, laissaient derrière lui une trace rouge sur la mousse et sur les pierres. Une fois, regardant en arrière, il vit le loup qui léchait avidement ses traces sanglantes et comprit clairement quelle serait sa fin, s'il ne parvenait à tuer le loup.

Alors commença une tragédie, farouche comme jamais il n'y en eut : un homme malade qui rampait, un loup malade qui boitait. Deux créatures traînant leurs carcasses mourantes à travers la désolation, l'une à la poursuite de la vie de l'autre.

Si le loup avait été plein de santé, l'homme ne s'en serait pas tant soucié ; mais la pensée d'aller nourrir le ventre de cette bête dégoûtante et presque morte lui répugnait : il voulait mieux que ça, comme fin.

Son esprit avait commencé à battre la campagne et à être troublé par des hallucinations ; les intervalles de lucidité devenaient plus rares et plus courts.

Une fois, un sifflement à son oreille le sortit d'un évanouissement. Le loup recula, en boitillant, il perdit pied et tomba de faiblesse. Le spectacle était ridicule, mais n'amusa point l'homme ; il n'était même pas effrayé, car il était trop épuisé pour cela. Mais son esprit s'éclaircit pour un moment ; il se coucha et réfléchit. Le vaisseau n'était pas à plus de six kilomètres, il pouvait le voir bien distinctement quand il chassait le brouillard qui était devant ses yeux : il apercevait la voile blanche d'un petit bateau qui coupait la blancheur de la mer éblouissante. Mais jamais il ne pourrait se traîner sur une pareille distance. Il le savait et malgré ça restait calme. Il savait qu'il serait incapable de faire cinq cents mètres et pourtant il voulait vivre : il n'y avait pas de raison qu'il mourût après avoir tant supporté. Le destin exigeait trop de lui ; mourant qu'il était, il refusait de mourir. C'était pure folie peut-être, mais même entre les griffes de la mort il la défiait.

Il ferma les yeux et se recueillit avec une précaution infinie. Il se raidit afin de se maintenir au-dessus de cette langueur qui léchait telle une marée montante toutes les profondeurs de son être. C'était bien une mer qui montait et montait, et noyait sa conscience petit à petit. Parfois, il était presque submergé, nageant dans l'oubli, d'une brasse qui faiblissait ; puis par une étrange alchimie de son âme, il retrouvait un reste de volonté et se débattait avec plus de force.

Couché sur le dos, sans mouvement, il entendit, se rapprochant doucement, de plus en plus, durant un temps qui lui sembla interminable, le souffle haletant du loup malade. Pourtant il ne bougea pas. La bête était à son oreille : la langue dure et sèche râpa sa joue. Il jeta les mains en avant ou du moins trouva l'énergie de les jeter en avant ; ses doigts étaient recourbés comme des griffes, mais ils se fermèrent sur le vide.

L'agilité et la précision demandent de la force, et l'homme n'en avait point.

La patience du loup était terrible ; celle de l'homme ne l'était pas moins. Pendant une demi-journée, il resta couché, sans bouger ; il luttait pour ne pas sombrer dans l'inconscience, attendant cette chose qui allait se nourrir de lui et dont il voulait, lui, se repaître. Parfois la mer d'oubli se refermait sur lui et il plongeait dans de longs rêves ; mais au travers de tout, éveillé ou rêvant, il attendait toujours l'haleine poussive et la caresse râpeuse de la langue.

Il n'entendit pas l'haleine et glissa doucement d'un rêve à la sensation de la langue sur sa main. Il attendit. Les crocs se refermèrent doucement, la pression augmenta : le loup donnait ses dernières forces, afin d'enfoncer les dents dans la nourriture qu'il avait attendue depuis si longtemps. Mais l'homme, lui aussi, avait attendu longtemps, et la main lacérée se ferma sur la mâchoire.

Doucement, tandis que le loup luttait sans force, et que la main maintenait faiblement la gueule de la bête, l'autre main se glissa lentement dans la fourrure pour affermir la prise. Cinq minutes après, tout le poids du corps de l'homme était sur le loup. Les mains n'avaient pas assez de force pour étouffer l'animal, mais l'homme avait la figure pressée contre la gorge de la bête et sa bouche était pleine de poils. Au bout d'une demi-heure, l'homme eut la sensation d'un liquide tiède qui coulait dans sa gorge. Ça n'avait rien d'agréable. C'était comme du plomb fondu qui lui pesait sur l'estomac : c'était sa volonté seule qui le forçait. Plus tard l'homme roula sur le dos et dormit.

Il y avait à bord du baleinier *Le Bedford* une expédition scientifique. Du pont, ils remarquèrent, sur le rivage, un objet étrange qui descendait en direction de l'eau. Ils ne purent identifier l'objet, et comme ils étaient hommes de science, ils s'embarquèrent dans la chaloupe amarrée le long du navire et gagnèrent la grève afin de voir. Et ils découvrirent quelque chose de vivant qu'on pouvait à peine appeler un homme. Aveugle et inconscient, cela remuait par terre comme un ver monstrueux, avec des efforts pratiquement vains, mais persistants ; cela se tortillait et avançait peut-être de dix mètres par heure.

Trois semaines après, l'homme était allongé dans une des couchettes du baleinier et racontait avec des larmes sur ses joues creuses qui il était et ce qu'il avait souffert. Il tint aussi des propos incohérents au sujet de sa mère, de la Californie du Sud si ensoleillée, et d'une maison parmi les orangers et les fleurs.

Peu de jours après, il était à table avec les hommes de science et les officiers du bord. Il dévorait des yeux toute cette nourriture et la regardait, avec anxiété, disparaître dans la bouche des autres. Alors que chaque bouchée était avalée, ses yeux prenaient une expression de regret profond. Il avait toute sa raison, pourtant il haïssait ces gens pendant les repas. La crainte que les vivres viennent à manquer le poursuivait. Il demanda au cuisinier, au boy de la cabine, au commandant, des renseignements sur les provisions du magasin. On le rassura maintes fois, mais il restait incrédule et trouva des raisons pour fureter dans la cambuse afin de voir de ses propres yeux.

On remarqua que l'homme reprenait du poids ; chaque jour il engraissait. Les savants hochèrent la tête et firent des théories. Ils rationnèrent l'homme à ses repas, mais cependant son tour de taille augmentait et se gonflait d'une façon prodigieuse sous sa chemise.

Les marins souriaient ; eux savaient ; et lorsque les savants surveillèrent l'homme, ils comprirent aussi. Ils le virent aller à l'avant, le déjeuner fini, accoster un marin, la main tendue, tel un mendiant. Le marin sourit et lui passa un morceau de biscuit de mer. Il le saisit, le regarda comme un avare regarde de l'or et le cacha sous sa chemise. Les autres marins, tout en riant de lui, lui firent pareilles aumônes.

Les hommes de science, discrets, le laissèrent tranquille, mais ils examinèrent sa couchette en secret. Elle était tapissée de biscuits : le matelas en était bourré, chaque fissure, chaque coin en était rempli. Pourtant, il avait toute sa raison. Il prenait ses précautions contre une autre famine possible, voilà tout. Les savants assurèrent qu'il en guérirait, et cela lui passa, en effet, avant que l'ancre du *Bedford* ne soit jetée avec fracas dans la baie de San Francisco.

II

LE LOGEMENT D'UN JOUR

John Messner se cramponnait d'une main gantée à la barre branlante et maintenait le traîneau sur la piste. De l'autre main, elle aussi protégée par une moufle, il se frottait les joues et le nez presque sans cesse, et parfois, lorsque l'engourdissement augmentait, il frottait avec rage. Son front était couvert par la visière de sa casquette de fourrure dont les rabats cachaient ses oreilles. Ce qui restait de sa figure était protégé par une barbe épaisse d'un brun doré sous une couche de glace.

Derrière lui glissait un traîneau du Yukon lourdement chargé, et devant lui tirait un attelage de cinq chiens. La corde du traîneau frottait contre la jambe de Messner. Quand les chiens tournaient à un coude de la piste, il enjambait la corde, et comme il y avait beaucoup de tournants, il lui fallait souvent changer de place. Parfois, il trébuchait ou bronchait ; il était toujours maladroit et trahissait une fatigue si grande que de temps à autre le traîneau lui venait sur les talons.

Arrivé à un endroit où la piste allait en ligne droite, où le traîneau pouvait glisser un moment sans guide, il lâcha la barre et frappa énergiquement sa main droite contre le bois dur. Il put avec peine maintenir la circulation dans cette main-là ; mais, tout en la secouant, il ne cessait de frotter son nez et ses joues avec l'autre.

— En tout cas, dit-il, il fait trop froid pour voyager. (Il parlait tout haut comme font les hommes qui sont souvent seuls.) Il faut être fou pour voyager par une température pareille, et s'il n'y a pas 80° au-dessous, c'est parce qu'il y en a 79.

Il sortit sa montre et, après quelques tâtonnements put la remettre dans la poche de son épaisse veste de laine. Puis il regarda les cieux et laissa son œil suivre la ligne blanche de l'horizon jusqu'au sud.

— Midi, grommela-t-il, un ciel clair et pas de soleil.

Il continua à marcher pendant dix minutes, puis, comme s'il n'avait pas cessé de parler, il ajouta :

— Et on n'avance pas ; il fait trop froid pour voyager.

Tout à coup il cria « Whoa » aux chiens et s'arrêta. L'engourdissement de sa main droite semblait l'affoler ; il recommença à la frapper furieusement contre la barre.

— Pauvres diables !

Il parlait aux chiens qui s'étaient laissé tomber lourdement sur la glace pour se reposer. Son exclamation brusque et soudaine avait été arrachée à cause de la violence avec laquelle il frappait contre le bois sa main engourdie.

— Enfin, qu'avez-vous fait pour qu'un autre animal bipède s'amène, vous dresse aux harnais, mate tous vos penchants naturels et fasse de vous des animaux soumis ?

Il se frotta le nez, non pas d'un geste distrait, mais vigoureusement, afin d'y faire circuler le sang ; puis il pressa les chiens de reprendre leur travail. Il voyageait sur la surface gelée d'une grande rivière qui s'en allait derrière lui en une courbe gigantesque de bien des kilomètres, et se perdait dans le chaos fantastique de montagnes silencieuses et couvertes de neige. Devant lui, la rivière se séparait en bras nombreux afin de laisser de la place aux îles qu'elle contenait. Ces îles étaient silencieuses et blanches. Aucun animal, aucun insecte bourdonnant n'interrompait le calme, aucun oiseau ne volait dans l'air gelé. On ne percevait aucun son humain, on ne voyait aucune trace de l'œuvre de l'homme. Le monde dormait, et cela ressemblait au sommeil de la mort.

John Messner paraissait succomber à l'apathie de tout ce qui l'entourait : le froid était en train d'engourdir son esprit. Il allait de l'avant, la tête basse, sans rien observer, frottait machinalement son nez et ses joues et heurtait contre la barre la main qui gouvernait, lorsque la piste allait en droite ligne.

Mais les chiens, eux, observaient ; et tout à coup ils s'arrêtèrent, tournant la tête vers leur maître, qu'ils regardaient avec des yeux pleins d'anxiété et de questions. Leurs cils étaient gelés, et blancs ainsi que leurs museaux ; le givre et la fatigue leur donnaient l'apparence de la décrépitude.

L'homme allait les pousser en avant lorsqu'il s'arrêta, se redressa avec effort et regarda autour de lui. Les chiens s'étaient arrêtés près d'un trou, non pas une fissure, mais bien un trou fait par l'homme, creusé avec effort à coups de hache sous un mètre de glace. Une épaisse couche de glace nouvelle montrait qu'on ne s'en était pas servi depuis un certain temps. Messner leva les yeux : les chiens lui montraient déjà où aller, chaque museau blanc se pointait anxieusement du côté du sentier de neige à peine tracé, qui quittait la piste principale de la rivière pour remonter la berge de l'île.

— Ça va, vous êtes fourbues, pauvres bêtes, dit-il, je vais aller voir : vous n'avez pas plus envie que moi d'aller plus loin.

Il gravit la pente de l'île et disparut : les chiens ne se couchèrent pas mais, inquiets, attendirent son retour sur leurs pattes. Il revint vers eux, prit une corde sur le devant du traîneau, et se la passa autour des épaules. Alors il guida les chiens vers la droite et leur fit monter la côte en courant. C'était un sacré coup de collier, mais leur fatigue disparut alors qu'à ras de la neige, ils aboyaient d'impatience et de joie, luttaient et donnaient dans cet effort la dernière once de leur corps. Quand un chien glissait ou tombait, celui qui était derrière lui mordait l'arrière-train. L'homme leur jetait des cris d'encouragement et de menaces, et portait tout son poids sur la corde de halage.

Ils montèrent d'un élan, tournèrent à gauche et filèrent jusqu'à une petite cabine, faite de troncs d'arbres, où ils s'arrêtèrent. C'était une cabine déserte, qui ne comptait qu'une seule pièce de trois mètres sur quatre. Messner dételа les animaux, déchargea son traîneau et prit possession de la hutte. Le dernier voyageur de hasard y avait laissé une provision de bois à brûler. Messner installa son petit poêle de fer et alluma un feu. Il y mit à dégeler, pour les chiens, cinq saumons séchés au soleil, et remplit au puits de glace sa cafetière et sa marmite.

En attendant que l'eau bouillît, il tint son visage au-dessus du poêle. L'humidité de son haleine s'était déposée sur sa barbe et s'y était gelée en gros glaçons qu'il entreprit de faire fondre. A mesure que les morceaux de glace fondaient, ils tombaient sur le poêle avec un sifflement et l'enveloppaient de vapeur. Il hâta l'opération avec ses doigts, détachant des petits fragments qui tombèrent avec bruit sur le plancher.

Les aboiements sauvages des chiens au-dehors ne le détournèrent pas de sa tâche. Il entendit les grognements et les cris de loups d'un autre attelage et un son de voix. On frappa à la porte.

— Entrez, cria Messner, d'une voix étouffée, car à ce moment même il était en train de sucer un glaçon qu'il essayait de décoller de sa lèvre supérieure.

La porte s'ouvrit et à travers le nuage de vapeur qui l'entourait, il vit un homme et une femme arrêtés sur le seuil.

— Entrez, invita-t-il d'un ton décisif, et fermez la porte.

Il ne pouvait guère juger de leur apparence. Une casquette dont les rabats couvraient le nez et les joues, un grand cache-nez qui entourait la tête ne laissaient voir de la femme qu'une paire d'yeux noirs.

L'homme aussi avait des yeux noirs ; il était rasé, sauf la moustache qui était si gelée qu'elle cachait sa bouche.

— Nous voulions savoir s'il y avait une autre cabine dans les environs, dit-il en regardant la pièce nue. Nous pensions que celle-ci était vide.

— Ce n'est pas ma cabine, répondit Messner, je l'ai trouvée il n'y a que quelques minutes. Entrez et installez votre camp : il y a de la place pour tous et vous n'aurez pas besoin de votre poêle.

Au son de sa voix, la femme lui jeta un coup d'œil rempli de curiosité.

— Enlève tes affaires, lui dit son compagnon, je vais dételer et chercher de l'eau, pour qu'on puisse commencer la cuisine.

Messner emporta au-dehors le saumon dégelé et nourrit ses chiens qu'il eut à défendre contre l'autre attelage. Lorsqu'il rentra dans la cabine, l'homme avait déchargé son traîneau et était allé chercher de l'eau. Le pot de Messner bouillait : il y jeta le café, fit passer le marc avec une demi-tasse d'eau froide et l'enleva du poêle. Il dégela des biscuits dans le petit four tout en réchauffant des haricots, cuits par lui la veille au soir, mais qui avaient eu le temps de geler durant le voyage de la journée.

Il débarrassa le poêle de ses ustensiles pour permettre aux nouveaux venus de faire leur cuisine et commença, assis sur le lit roulé, à manger son repas sur sa boîte à provisions. Entre deux bouchées, il parla piste et chiens avec l'homme qui, la tête au-dessus du poêle, faisait fondre la glace de sa moustache. Quand il eut fini, l'inconnu déroula son sac de couchage dans l'un des deux cadres qui se trouvaient dans la cabine.

— Nous coucherons là, dit-il, à moins que vous ne préfériez ce cadre : comme vous êtes le premier arrivé, vous pouvez choisir.

— Ça va bien, répondit Messner, celui-là ou l'autre, c'est pareil. (Puis il déroula son sac de couchage dans le deuxième cadre et s'assit sur le rebord.)

L'étranger mit une petite trousse de médecin sous ses couvertures, à l'une des extrémités, en guise d'oreiller.

— Médecin ? demanda Messner.

— Oui, répondit l'autre, mais je vous assure, je ne suis pas venu au Klondyke pour me faire une clientèle.

La femme s'occupait de la cuisine pendant que l'homme découpait du lard et entretenait le feu du poêle. La lumière blafarde entrait dans la cabine par une petite fenêtre faite de papier pelure frotté de lard ; de sorte que John Messner ne voyait pas nettement les traits de la femme.

Ce n'est pas qu'il essayât, car il ne semblait pas lui prêter la moindre attention ; mais elle regardait de temps à autre curieusement vers le coin obscur où il était assis.

— Oh, c'est une belle existence, reconnut le

docteur avec enthousiasme, en s'arrêtant d'aiguiser son couteau sur le tuyau du poêle. Ce qui me plaît en elle, c'est la lutte, l'effort qu'on fait de ses propres mains ; c'est la vie primitive, la réalité.

— Pour la réalité, question température, on est servis, dit Messner en riant.

— Savez-vous exactement le froid qu'il fait ? demanda le docteur.

L'autre secoua la tête.

— Eh bien, je vais vous le dire : soixante-quatorze au-dessous de zéro au thermomètre à alcool sur le traîneau.

— Ça fait cent six au-dessous du degré de gelée, considéré comme limite extrême pour voyager, eh !

— C'est du suicide, ajouta le docteur. On se fatigue, on s'essouffle vite, on prend dans les poumons la gelée elle-même, et l'on gèle leurs tissus.

» On attrape une toux sèche qui vous secoue et le tissu mort se détache : l'été suivant on meurt de pneumonie sans savoir pourquoi. Je reste dans cette cabine pendant une semaine à moins que le thermomètre ne remonte au minimum jusqu'à cinquante au-dessous...

» Dis donc, Tess, ajouta-t-il aussitôt, ne crois-tu pas que ce café a bouilli assez longtemps.

Dès qu'il entendit le nom de la femme, John Messner dressa l'oreille. Il la regarda rapidement tandis que sur son visage passait comme l'ombre d'un souvenir qui l'obsédait, le fantôme de quelque chagrin enseveli qui soudain ressuscitait. Mais la seconde suivante, il avait chassé le fantôme par un effort de sa volonté. Son visage était aussi calme qu'auparavant mais il restait pourtant sur le qui-vive et s'impatientait contre cette lumière faible qui l'empêchait de voir clairement le visage de la femme.

Machinalement, le premier mouvement de l'inconnue avait été de replacer la cafetière et ce n'est qu'ensuite qu'elle regarda Messner. Mais il s'était déjà calmé, elle ne vit qu'un homme assis sur le rebord du cadre et observant sans curiosité le bout de ses mocassins. Cependant, quand elle se détourna pour s'occuper de sa cuisine, il lui lança un coup d'œil furtif qu'elle surprit aussitôt en tournant la tête. Les yeux de l'homme allaient vers le médecin, par-dessus elle : d'un sourire à peine esquissé, il la complimenta sur la façon dont elle l'avait pris au piège.

Elle sortit une bougie de la boîte aux provisions et l'alluma : un seul regard du côté de la lueur qui éclairait la figure suffit à Messner. Dans la cabine étroite, le coin le plus reculé n'était qu'à quelques pas : au même instant elle était près de lui. Hardiment elle leva la bougie tout contre le visage de l'homme, le regarda fixement, et quand elle le reconnut, ses yeux se dilatèrent de peur. Lui, répondit tranquillement d'un sourire.

— Que cherches-tu, Tess, demanda le docteur.

— Des épingles à cheveux, dit-elle en s'écartant et en fouillant dans un sac posé sur le cadre.

Ils placèrent les victuailles sur leur caisse à provisions, s'assirent sur la caisse de Messner et lui firent face. Celui-ci, allongé dans son cadre pour se reposer, était couché sur le côté, la tête soutenue par son bras. Dans la pièce étroite, on aurait dit que tous trois étaient à table.

— De quel coin des Etats-Unis venez-vous ? demanda Messner.

— De San Francisco, répondit le docteur. Pourtant, je suis dans ce pays depuis 2 ans.

— Moi je suis de Californie, annonça Messner.

La femme le regarda d'un air suppliant, mais il sourit et continua :

— Berkeley, vous connaissez ?

L'autre devenait attentif.

— L'Université de Californie ? demanda-t-il.

— Oui, classe 86.

— Je voulais dire Faculté, expliqua le docteur. Tiens... Vous me rappelez un professeur.

— Ça me fait de la peine ce que vous me dites là, sourit Messner. Je préférerais être pris pour un chercheur d'or ou un conducteur de chiens.

— Je trouve qu'il n'a pas plus l'air d'un professeur que toi d'un médecin, dit la femme.

— Merci, dit Messner. (Puis se tournant vers l'homme :) A propos, docteur, quel est votre nom, si je puis me permettre ?

— Haythorne, si vous voulez bien me croire. Pour moi, finie la civilisation.

— Et Madame Haythorne aussi ? dit Messner en saluant.

Elle lui lança un regard plus chargé de colère que de supplication.

Haythorne allait demander à l'autre son nom ; il avait déjà la bouche ouverte pour questionner quand Messner l'interrompit :

— Mais j'y pense, docteur, vous pourriez peut-être satisfaire ma curiosité. Il y a eu, voici deux ou trois ans, une sorte de scandale dans le cercle de la Faculté. La femme d'un des professeurs anglais — vous m'excuserez, Madame Haythorne — a disparu avec un médecin de San Francisco : c'est du moins ce que j'ai compris. Je n'ai pas son nom sur les lèvres en ce moment. Vous rappelez-vous l'incident ?

Haythorne hocha la tête :

— Cela a fait grand bruit à l'époque. Son nom était Womble, Graham Womble. Il avait une splendide clientèle : je le connaissais vaguement.

— Eh bien, ce que je voulais arriver à savoir, c'est ce qu'ils sont devenus. Je me demandais si vous l'aviez appris, ils n'avaient laissé aucun indice, ni vus, ni connus.

— Il a caché ses traces avec ruse, dit Haythorne en toussant ; on racontait qu'ils étaient allés dans les mers du Sud, qu'ils s'étaient perdus à bord d'un schooner dans un typhon, ou quelque chose d'analogue.

— Je n'avais jamais entendu dire ça, s'étonna Messner. Vous vous rappelez la chose, Madame Haythorne ?

— Parfaitement, répondit-elle.

Le calme de sa voix formait un contraste étonnant avec la colère qui l'enflammait. Elle s'était détournée pour que Haythorne ne pût voir sa figure.

L'autre allait encore lui demander son nom quand Messner remarqua :

— Ce docteur Womble, j'ai entendu dire qu'il était beau garçon et qu'il avait, comment dirais-je, un grand succès auprès des femmes.

— Eh bien, si c'était vrai cette affaire-là l'a fini, grommela Haythorne.

— Et la femme était une mégère, du moins c'est ce qu'on m'a dit. Il était de notoriété publique à Berkeley qu'elle rendait à son mari la vie... pas toujours drôle.

— Jamais je n'ai entendu ça, répondit Haythorne. A San Francisco on disait tout le contraire.

— Une sorte de femme martyre, non ? immolée sur la croix du mariage ?

Le docteur hocha la tête ; les yeux gris de Messner étaient curieux tandis qu'il continuait :

— Cela va de soi, il y a toujours deux sons de cloche. Vivant à Berkeley, je n'en ai entendu qu'un. Il paraît qu'elle allait beaucoup à San Francisco.

— Du café, s'il te plaît, dit Haythorne.

La femme remplit la tasse, tout en riant légèrement :

— Vous êtes en train de raconter des ragots comme deux vieilles bonnes femmes, dit-elle sur un ton de reproche.

— C'est si intéressant, fit Messner en lui souriant. (Puis s'adressant au docteur :) Alors le mari n'a pas l'air d'avoir eu une très bonne réputation à San Francisco ?

— Au contraire, c'était un cuistre de haute moralité, dit Haythorne avec plus de feu qu'il ne semblait nécessaire. C'était une petite crevette pédante qui n'avait pas une goutte de sang rouge dans le corps.

— Le connaissiez-vous ?

— Je ne l'ai jamais vu, jamais je ne fréquentais les milieux universitaires.

— C'est encore un seul son de cloche, dit Messner avec un air de peser la chose comme un juge. Certes, physiquement, ce n'était pas un athlète, mais je n'irais pas jusqu'à dire qu'il était si faible que ça. Il prenait de l'intérêt aux sports du collège et avait quelque talent. Il a écrit une fois une pièce qui lui a valu un certain succès dans son entourage. J'ai aussi entendu dire qu'il était inscrit pour la chaire d'anglais, mais l'affaire est arrivée, il a donné sa démission et est parti. Cette histoire a brisé sa carrière, du moins c'est à supposer. Toujours est-il que dans notre petite sphère, on a estimé qu'il ne s'en relèverait jamais. On pensait qu'il aimait beaucoup sa femme.

Haythorne finissant son café, grognait comme si la conversation ne l'intéressait pas, et alluma sa pipe.

— C'est heureux qu'ils n'aient pas eu d'enfant, continua Messner.

Haythorne, en regardant le poêle, mit sa casquette et ses moufles.

— Je vais aller chercher du bois, dit-il. Puis je pourrai enlever mes mocassins et me mettre à mon aise.

La porte claqua derrière lui. Pendant une longue minute il y eut du silence. L'homme sur son lit conservait la même position, la femme assise sur la caisse aux provisions lui faisait face.

— Que comptes-tu faire ? demanda-t-elle brusquement.

Messner la regarda avec une indécision pleine de paresse :

— A ton avis, qu'est-ce que je dois faire ? Rien de dramatique, j'espère. Tu vois : je suis fatigué, fourbu par le voyage et on est si bien sur ce lit.

Elle mordit sa lèvre inférieure et silencieusement ravala la colère qui brûlait en elle.

— Mais... commença-t-elle avec véhémence — puis elle enlaça ses mains et s'arrêta.

— Tu ne vas tout de même pas me demander de tuer M... Haythorne, dit-il doucement, presque suppliant ; ce serait très pénible, et, je t'assure, parfaitement inutile.

— Mais il faut que tu fasses quelque chose, cria-t-elle.

— Au contraire, il est facile de concevoir que je n'ai rien à faire.

— Tu as l'intention de rester ici ?

Il fit signe que oui.

Elle regarda désespérée autour de la cabine et vit les sacs de couchage encore roulés sur l'autre cadre :

— La nuit vient ; tu ne peux pas rester ici. Tu ne peux pas, je t'assure, c'est impossible.

— Bien sûr que si c'est possible. Je te rappellerai que c'est moi le premier qui ai trouvé cette cabine et que vous êtes mes hôtes.

Une fois encore les yeux de la femme firent le tour de la pièce, et la terreur les envahit quand elle revit l'autre lit.

— Alors il faudra nous en aller, dit-elle avec décision.

— Impossible. Tu as une toux sèche qui te secoue, cette toux que M... Haythorne décrit si bien. Tu as déjà refroidi tes poumons, et puis, il est médecin, il sait ce qu'il dit, il ne le permettra pas.

— Mais alors que vas-tu faire ? demanda-t-elle de nouveau d'un ton contenu et calme qui présageait un éclat.

Messner la regarda d'une manière presque paternelle, car il avait tâché de faire preuve d'une pitié et d'une patience profonde.

— Ma chère Theresa, comme je te l'ai déjà dit, je ne sais pas, je n'y ai réellement pas songé.

— Oh ! Tu me rends folle ! (Elle se leva d'un bond et tordant ses mains d'impuissance :) Tu n'étais pas comme ça, autrefois.

— J'étais tout douceur et tendresse, dit-il en hochant la tête. Est-ce pour ça que tu m'as quitté ?

— Tu es si différent, d'un calme si effrayant : tu me fais peur. Je sens que tout ce temps tu as préparé quelque chose de terrible. Mais quoi que tu fasses, ne fais rien de déraisonnable. Ne t'exalte pas...

— Je ne m'exalte plus, interrompit-il, du moins depuis ton départ.

— Tu as gagné...

Il eut un sourire de remerciement :

— Pendant que je pense à ce que j'aurai à faire, je vais dire ce que tu auras à faire. Tu diras à M... Haythorne qui je suis. Ça rendra peut-être notre séjour dans cette cabine... dirais-je plus sociable ?

— Pourquoi m'as-tu suivie dans cet effroyable pays ? demanda-t-elle à brûle-pourpoint.

— Ne penses pas que je sois venu ici à ta recherche, Theresa. Inutile de bercer ta vanité d'une telle illusion. Notre rencontre est purement due au hasard. J'avais rompu avec la vie d'université et il me fallait aller quelque part. Je dois dire, pour être honnête, que je suis venu au

Klondyke parce que je pensais que ce serait le dernier endroit où tu pourrais te trouver.

On entendit un tâtonnement contre la porte, le loquet s'ouvrit et Haythorne entra avec une brassée de bois. Au premier bruit, Theresa commença à enlever les plats. Haythorne ressortit pour chercher encore du bois.

— Pourquoi ne nous as-tu pas présentés ? demanda Messner.

— Je lui parlerai, répondit-elle. Ne crois pas que j'aie peur.

— Telle que je te connais, tu n'as jamais eu peur de rien.

— Et je ne crains pas les aveux non plus, dit-elle en adoucissant sa voix et les traits de son visage.

— Dans ton cas, je crains que les aveux soient encore une exploitation par des moyens détournés, un profit fait par ruse, une autoglorification aux dépens de Dieu.

— Ne sois pas pédant, dit-elle en faisant la moue et en devenant plus tendre. Je n'ai jamais aimé les discussions de bas-bleus. Et puis je ne crains pas de te demander de me pardonner.

— Theresa, il n'y a rien à pardonner : à la vérité, je devrais te remercier. C'est vrai, j'ai souffert au début, puis, avec toute la grâce du printemps, je me suis aperçu que j'étais heureux, très heureux. Ç'a été une découverte étonnante.

— Mais si je revenais à toi ? demanda-t-elle.

— Tu me dérangerais beaucoup, dit-il en la regardant d'une façon bizarre.

— Je suis ta femme : tu sais que tu n'as jamais eu le divorce.

— Je vois, dit-il songeur, j'ai été négligent. Ce sera une des premières affaires à régler.

Elle s'approcha de lui et posant sa main sur son bras :

— Tu ne veux pas de moi, John ? (Sa voix était douce et caressante, sa main restait comme un appât.) Si je te disais que je m'étais trompée ? Si je te disais que j'étais très malheureuse ? Je le suis. Et je me suis trompée.

La peur commença à saisir Messner : il se sentit frissonner sous la douce pression de cette main. Il perdait peu à peu notion de la situation et son calme magnifique s'en allait. Elle le regarda avec des yeux qui fondaient, et tout en lui semblait aussi fondre en rosée. Il se sentit sur le bord d'un abîme, incapable de résister à la force qui l'y poussait davantage.

— Je vais revenir à toi, John, je vais te revenir, aujourd'hui... maintenant.

Il se débattit sous cette main comme en un cauchemar. Alors qu'elle parlait, il lui semblait entendre le murmure doux du chant de la Lorelei. C'était comme si quelque part un piano jouait, comme si les notes elles-mêmes venaient résonner à ses tympans.

Soudain, il bondit sur ses pieds, la repoussa loin de lui alors qu'elle essayait de l'entourer de ses bras et recula vers la porte. Il était effaré.

— Je vais faire une folie ! cria-t-il.

— Je t'avais prévenu de ne pas t'exciter. (Elle se mit à rire en se moquant de lui et commença à laver les plats.) Personne ne veut de moi, je ne faisais que jouer. Je suis plus heureuse là où je suis.

Mais Messner ne la crut pas : il se rappelait la facilité qu'elle avait de changer de tactique ; c'est ce qu'elle venait de faire à l'instant même. C'était de l'exploitation par des moyens détournés. Elle n'était pas heureuse avec l'autre homme, elle avait découvert qu'elle s'était trompée. L'orgueil masculin l'enflamma lorsqu'il y pensa. Elle voulait revenir à lui, ce qui était justement la chose qu'il ne voulait pas. Inconsciemment, sa main secoua le loquet.

— Ne te sauve pas, dit-elle en riant ; je ne vais pas te mordre.

— Je ne me sauve pas, répondit-il d'un ton de défi enfantin tout en mettant ses moufles. Je vais seulement chercher de l'eau.

Il prit les seaux vides, les marmites, et ouvrit la porte. Il se retourna pour la regarder.

— N'oublie pas de dire à M... Haythorne qui je suis.

Messner brisa la couche de glace qui s'était formée dans le puits depuis une heure et remplit les seaux. Sur la piste, il marcha vite, de long en large, pour s'empêcher de geler car le froid mordait la chair comme du feu. Sa barbe était blanche de son haleine gelée, lorsque ses sourcils froncés se détendirent ; la décision était marquée sur son visage. Il avait arrêté dans son esprit la marche à suivre ; les lèvres et les joues engourdies se relâchèrent en un ricanement. Les seaux avaient déjà une couche de glace nouvelle lorsqu'il les prit et retourna vers la cabine.

En entrant, il trouva l'autre homme qui attendait debout près du poêle. Son attitude avait quelque chose de raide et de gêné. Messner posa les seaux d'eau.

— Enchanté de vous rencontrer, Graham Womble, dit-il d'un ton cérémonieux comme pour répondre à une présentation.

Messner n'offrit pas la main. Womble remua, mal à l'aise, car il ressentait pour l'autre la haine qu'on est tenté d'éprouver pour l'homme qu'on a offensé.

— Alors c'est vous le séducteur, dit Messner avec un accent d'étonnement. Eh bien, voyez-vous, je suis réellement heureux de vous connaître. J'étais... curieux de savoir ce que Theresa avait découvert en vous ; à quoi ressemblait un Don Juan, dirais-je. Tiens, tiens !

Et il toisa l'autre comme un homme toiserait un cheval.

— Je sais ce que vous devez penser de moi, commença Womble.

— N'en parlons pas, interrompit Messner, exagérant la cordialité de ses manières et de sa voix. Aucune importance. Ce que je veux savoir, c'est comment vous la trouvez. A-t-elle tout ce que vous attendiez d'elle ? A-t-elle donné satisfaction ? La vie a-t-elle été, depuis, un heureux rêve ?

— Ne fais pas l'idiot, interrompit Theresa.

— Je ne peux pas m'empêcher d'être naturel, avoua Messner.

— Vous pourriez être en même temps expéditif et positif, dit Womble vivement. Ce que nous voulons savoir, c'est ce que vous allez faire ?

Messner feignit un geste d'impuissance :

— Vraiment, je ne sais pas : c'est une de ces situations impossibles que l'on ne peut pas prévoir.

— Nous ne pouvons pas passer tous les trois la nuit dans cette cabine. (Messner approuva d'un signe de tête.) Alors, il faut que quelqu'un sorte.

— C'est indiscutable, dit Messner. Quand trois personnes ne peuvent pas occuper la même place au même moment, il faut que l'une d'elles s'en aille.

— Et vous êtes cette personne, dit Womble froidement. La course est de quinze kilomètres jusqu'au camp prochain, mais vous n'y arriverez pas facilement.

— Et c'est là le premier point faible de votre raisonnement, objecta l'autre. Pourquoi serais-je nécessairement celui qui doit sortir ? C'est moi qui ai trouvé la cabine le premier.

— Mais Tess ne peut pas sortir, expliqua Womble, elle a déjà les poumons touchés par le froid.

— Je suis de votre avis : elle ne peut peut pas risquer quinze kilomètres par ce froid. Elle doit rester.

— Alors, c'est comme j'ai dit, fit Womble pour en finir.

Messner se racla la gorge.

— Vos poumons sont en bon état, n'est-ce pas ?

— Oui, et après ?

L'autre toussa de nouveau et parla laborieusement, avec lenteur.

— Oh ! rien, excepté que d'après votre propre raisonnement, il n'y a rien qui vous empêche de faire une course de quinze kilomètres par ce froid. Vous y arriverez sans difficulté.

Womble lança à Theresa un regard rapide et soupçonneux et saisit dans les yeux de la femme une étincelle de surprise satisfaite.

— Eh bien ? demanda-t-il à la femme.

Elle hésita et un flot de colère rembrunit sa figure. Il se tourna vers Messner :

— C'est assez. Vous ne pouvez pas rester ici.

— Si.

— Je ne vous le permettrai pas. (Womble carra ses épaules.) C'est moi qui décide ici.

— En tout cas, je reste, persista l'autre.

— Je vous mettrai dehors.

— Je reviendrai.

Womble s'arrêta un moment pour calmer sa voix et pour se contrôler. Alors il parla posément, d'une voix basse et ferme :

— Ecoutez, Messner, si vous refusez de sortir, je vous cognerai dessus. Nous ne sommes pas en Californie ici, je vous assommerai de mes deux poings.

Messner haussa les épaules :

— Si vous faites ça, je rassemblerai un meeting de mineurs et je vous verrai pendu au premier arbre. Comme vous le dites, nous ne sommes pas ici en Californie. Ces mineurs sont des gens simples, et tout ce que j'aurai à faire sera de leur montrer les marques de vos coups, leur dire la vérité sur vous et réclamer ma femme.

La femme essaya de parler, mais Womble, furieux, se tourna vers elle et cria :

— Ne te mêle pas de ça.

— S'il te plaît, Theresa, laisse-nous discuter, ajouta Messner d'un ton qui contrastait avec celui de l'autre.

La colère de la femme et les sentiments qu'elle réprimait irritèrent ses poumons et provoquèrent une toux sèche qui la secoua : le sang au visage et une main crispée contre sa poitrine, elle attendit la fin de l'accès.

Womble la regarda tristement en remarquant sa toux.

— Il faut en finir, dit-il, et vu l'état de ses poumons, elle ne peut pas voyager avant que la température ne remonte. Et puis je ne vais pas l'abandonner.

Messner toussa de nouveau comme pour s'excuser et dit :

— Je veux de l'argent.

Le mépris se montra aussitôt sur la figure de Womble. Enfin, l'autre avait glissé encore plus bas que lui dans l'abjection.

— Vous avez un sac de poudre d'or qui est gros, continua Messner, je vous ai vu le décharger du traîneau.

— Combien vous faut-il ? (La voix de Womble était aussi méprisante que son visage.)

— J'ai calculé ce qu'il pouvait y avoir dans le sac, et je dirais... qu'il pèse vingt livres environ, mettons quatre mille dollars.

— Mais c'est tout ce que j'ai, cria Womble.

— Mais vous avez Theresa, dit l'autre doucement, elle doit bien valoir ça. Pensez à quoi j'ai renoncé ! C'est sûrement un prix raisonnable.

— Parfait. (Womble courut au sac d'or qui était sur le parquet.) Je tiens à terminer cette affaire le plus tôt possible, espèce de... vermine.

— C'est là où vous faites erreur, rétorqua Messner en souriant, au point de vue de la morale, est-ce que l'homme qui donne un pot de vin vaut mieux que celui qui le prend ? Le receleur n'est pas meilleur que le voleur, vous savez, et vous n'avez pas besoin de vous consoler grâce à une fausse supériorité morale en ce qui concerne ce petit marché.

— Au diable votre morale ! cria l'autre. Venez ici et surveillez les pesées de cette poudre, je pourrais tricher.

Et la femme, appuyée contre le lit, impuissante et blanche de rage, se vit pesée en poudre jaune, en pépites, dans les balances placées sur la caisse aux provisions. Comme les plateaux étaient petits, l'opération nécessita de nombreuses pesées, et Messner vérifia chaque mesure avec soin.

— Il y a trop d'argent là-dedans, remarqua-t-il en nouant le sac d'or. Je ne crois pas que ça vaille tout à fait seize dollars l'once. Womble, c'est vous qui faites la meilleure affaire.

Il mania le sac avec amour et le porta dehors sur son traîneau avec tous les égards dus à sa valeur.

Il rentra, ramassa ses ustensiles, rangea sa caisse à provisions et roula son sac de couchage. Quand tout fut ficelé sur le traîneau et que les chiens grognons furent attelés, il revint dans la cabine pour chercher ses moufles.

— Adieu, Tess, dit-il, débout près de la porte ouverte.

Elle se retourna vers lui et tenta de parler mais elle était trop furieuse pour exprimer la passion qui brûlait en elle.

— Adieu, Tess, répéta-t-il doucement.

— Espèce de mufle ! arriva-t-elle à articuler.

Elle fit volte-face, chancela du côté du lit et tombant la figure sur les couvertures, elle sanglota :

— Vous êtes des mufles !

John Messner ferma doucement la porte derrière lui et, en faisant démarrer les chiens, regarda du côté de la cabine : son visage trahissait un grand soulagement. Au bas de la pente, près du puits, il arrêta le traîneau. Il dégagea le sac d'or des cordes qui le retenaient et le porta près du trou. Une nouvelle couche de glace s'était déjà reformée ; il la brisa à coups de poing. Il défit le nœud avec ses dents et vida le contenu du sac dans l'eau. La rivière était peu profonde à cet endroit, et à cinquante centimètres au-dessous de la surface, il pouvait voir le fond, d'un jaune mat, à la lumière mourante. Il cracha dans le trou.

Il fit partir les chiens sur la piste de Yukon : les bêtes, sans énergie, se plaignaient et travaillaient à contrecœur. Tenant la barre de la main droite, et frottant de la gauche son nez et ses joues, il trébucha sur la corde quand les chiens virèrent au tournant.

— Marchons, en avant, pauvres brutes fourbues ! leur cria-t-il. C'est ça, marchons !

III

LA MANIÈRE DES BLANCS

— Je voudrais préparer mon repas à votre feu et dormir sous votre toit cette nuit.

Voilà ce que j'avais dit au vieil Ebbits en entrant dans sa cabine : lui m'avait regardé d'un œil chassieux et vague, tandis que Zilla m'avait favorisé d'une mine renfrognée et d'un grognement de mépris. Zilla était sa femme, et sur le Yukon, on n'aurait pas trouvé une vieille « squaw » plus implacable, ni plus mauvaise langue. Je ne me serais pas arrêté là si mes chiens avaient été moins fatigués ou si le reste du village avait été habité : mais cette cabine était seule occupée et je fus bien forcé d'y chercher abri.

De temps à autre le vieux Ebbits retrouvait ses esprits égarés, alors des étincelles et des signes d'intelligence éclairaient son regard. Pendant que je préparais mon souper, il essaya plusieurs fois de me poser des questions polies au sujet de ma santé, de l'état et du nombre de mes chiens et de la distance que j'avais parcourue ce jour-là. Et chaque fois, Zilla avait pris l'air renfrogné et avait grogné avec plus de mépris encore.

Cependant je reconnais qu'il n'y avait rien qui pût les encourager à la joie. Ils étaient là tous deux blottis près du feu, à la fin de leurs jours, vieux, flétris, sans force, perclus de rhumatismes, tenaillés par la faim et tentés par les odeurs de friture de la viande que j'avais en abondance. Ils se balançaient d'avant en arrière d'un mouvement lent et machinal ; et toutes les cinq minutes, régulièrement, Ebbits gémissait sourdement. Ce n'était pas tant un gémissement de douleur que de fatigue causée par la douleur. Il était oppressé par le poids et par le tourment de cette chose appelée vie, et plus encore lui pesait la crainte de la mort. C'était l'éternelle tragédie de la vieillesse qui a perdu la joie de la vie et qui n'a pas encore l'instinct de la mort.

Lorsque ma viande d'élan crépita bruyamment dans la poêle, je remarquai que les narines du vieil Ebbits palpitaient à l'odeur de la nourriture. Il cessa de se balancer un moment et oublia de gémir alors qu'un éclair d'intelligence semblait passer sur sa figure.

Zilla, elle, se balançait plus vite et pour la première fois, elle donna voix à sa douleur en petits cris aigus. Il me vint à l'idée qu'ils agissaient comme des chiens affamés, et d'ailleurs je n'aurais pas été autrement étonné si Zilla avait tout à coup laissé voir une queue et l'avait remuée sur le plancher à la façon des chiens. A maintes reprises Ebbits cessa de se balancer pour se pencher en avant et rapprocher son nez palpitant du foyer de ce régal.

Quand je leur passai un plat de viande frite, ils mangèrent gloutonnement, en faisant du bruit ; on entendait le broiement des chicots, les aspirations sifflantes accompagnées de bredouillements et de marmottements continuels. Lorsque je leur donnai ensuite à chacun une tasse de thé brûlant, les bruits cessèrent. Le soulagement et la satisfaction apparurent sur leurs visages. Zilla renonça à sa grimace amère, le temps de pousser un soupir de satisfaction. Ni l'un ni l'autre ne se balançaient plus, ils semblaient être tombés dans une méditation placide. Puis les yeux d'Ebbits se mouillèrent et je compris qu'il pleurait sur son sort. Les recherches qu'ils firent pour trouver leurs pipes me montrèrent clairement qu'ils avaient manqué de tabac depuis longtemps, et l'impatience du vieux pour le narcotique le rendit impotent au point qu'il me fallut lui allumer sa pipe.

— Pourquoi êtes-vous tout seuls dans le village ? demandai-je. Est-ce que tout le monde est mort ? Y a-t-il eu beaucoup de maladies ? Etes-vous les seuls survivants ?

Le vieil Ebbits secoua la tête, disant :

— Non, il n'y a pas eu de maladies. Le village est allé chasser pour trouver de la viande. Nous sommes trop vieux, nos jambes ne sont pas fortes et nous ne pouvons plus porter sur le dos les fardeaux du camp et du voyage. C'est pour ça que nous restons ici et nous nous demandons quand les jeunes reviendront avec la viande.

— En supposant que les jeunes reviennent avec de la viande ! dit brusquement Zilla.

— Peut-être reviendront-ils avec beaucoup de viande, reprit en chevrotant le vieux.

— Et même avec beaucoup de viande ! continua-t-elle plus sèchement encore. Mais à quoi ça nous servira à toi ou à moi ? Quelques os à ronger. On est vieux et on n'a plus de dents.

Mais la graisse, les rognons et les langues, tout ça ira dans d'autres bouches que les nôtres.

Ebbits secoua la tête et pleura en silence.

— Il n'y aura personne pour chasser de la viande pour nous, cria-t-elle, se tournant en colère de mon côté.

Comme son geste était accusateur, je haussai les épaules pour montrer que je n'étais pas coupable du crime inconnu dont j'étais accusé.

— Apprends, homme blanc, que c'est à cause de ta race, à cause de tous les Blancs que mon homme et moi n'avons pas de viande dans notre vieillesse et que nous sommes sans abri contre le froid et sans tabac.

— Non, dit gravement Ebbits chez qui le sens de la justice était plus marqué. On nous a fait tort, c'est vrai, mais ça n'était pas l'intention de l'homme blanc.

— Où donc est Moklan ? demanda-t-elle. Où est ton fils vigoureux, et le poisson qu'il était toujours prêt à apporter pour que tu puisses manger ?

Le vieux remua la tête.

— Et où est Bidarshik, ton autre fils ? C'était un grand chasseur et toujours il te rapportait la bonne graisse et les langues séchées de l'élan et du caribou. Je ne vois pas de graisses ni de langues séchées. Ton estomac est plein de rien pendant des jours, et il faut que ce soit un homme d'une race misérable et menteuse qui te donne à manger.

— Non, fit le vieil Ebbits avec bonté, l'homme blanc n'est pas menteur. L'homme blanc dit la vérité : il dit toujours vrai.

Il s'arrêta et regarda autour de lui comme pour trouver des mots qui adouciraient la sévérité de ses propos.

— Mais le Blanc dit la vérité de différentes façons. Aujourd'hui il dit vrai d'une manière, demain il dira vrai d'une autre manière et il est difficile de le comprendre ou de comprendre sa façon d'agir.

— Aujourd'hui dire la vérité d'une façon, demain la dire d'une autre, c'est mentir, conclut Zilla.

— On ne peut pas comprendre le Blanc, continua Ebbits avec obstination.

La viande, le thé et le tabac semblaient l'avoir ramené à la vie, et il maîtrisa plus fermement son idée derrière ses yeux chassieux de vieillard. Il se redressa, se raidit, sa voix perdit sa note querelleuse et plaintive et devint ferme et catégorique. Il se tourna vers moi avec dignité et me parla comme un homme s'adresse à son égal :

— Les yeux du Blanc ne sont pas fermés, commença-t-il. Le Blanc voit toutes les choses, il pense profondément et est très sage. Mais le Blanc d'un jour n'est pas celui du lendemain et on ne peut pas le comprendre. Il ne fait pas toujours les choses de la même façon : avec lui, on ne peut jamais prévoir ce qu'il fera. L'Indien fait toujours la même chose de la même façon. L'élan descend toujours des hautes montagnes quand l'hiver est ici ; le saumon vient toujours au printemps lorsque la glace a disparu de la rivière. Chacun fait tout de la même façon, et l'Indien sait et comprend. Mais le Blanc ne s'y prend pas de la même manière et l'Indien ne sait ni ne comprend.

— Le tabac est très bon : c'est de la nourriture pour l'homme qui a faim. Il rend plus fort l'homme fort, et l'homme en colère oublie son humeur. Le tabac a ainsi une valeur, une grande valeur. L'Indien donne un gros saumon pour une feuille de tabac et il mâche le tabac pendant longtemps. C'est le jus du tabac qui est bon : lorsqu'il descend dans la gorge, il donne une agréable sensation en dedans. Mais le Blanc !

lorsque sa bouche est pleine du jus de tabac, que fait-il ? Ce jus d'une grande valeur, il le crache sur la neige, et il est perdu ! Est-ce que le Blanc aime le tabac ? Je ne sais pas. Mais s'il l'aime, pourquoi cracher sa valeur et le perdre dans la neige. C'est une grande folie qu'on ne peut pas comprendre.

Il se tut, tira une bouffée de sa pipe, vit qu'elle était éteinte et la passa à Zilla dont les lèvres, renonçant à marquer du dédain pour l'homme blanc, se refermèrent sur le tuyau de la pipe. Ebbits semblait retomber dans son insensibilité sans avoir achevé l'histoire lorsque je demandai :

— Qu'est-il arrivé à tes fils Moklan et Bidarshik ? Et comment se fait-il que toi et ta vieille soyez sans viande jusqu'à la fin de vos jours ?

Il sembla sortir d'un sommeil et se redressa avec effort.

— Cela n'est pas bon de voler, dit-il. Lorsque le chien prend ta viande, tu bats le chien avec un bâton — c'est la loi. C'est la loi que l'homme a donnée au chien, et le chien doit la suivre sous peine de recevoir des coups de bâton. Lorsque l'homme prend ta viande, ton canot ou ta femme, tu tues cet homme. — C'est la loi, et une bonne loi. C'est mauvais de voler, c'est donc la loi que l'homme qui vole mourra. Celui qui enfreint la loi doit souffrir. C'est une grande souffrance que de mourir.

— Mais si tu tues l'homme, pourquoi ne tues-tu pas le chien ?

Le vieil Ebbits me regarda avec un étonnement d'enfant tandis que Zilla ricanait sans se cacher tant ma question était absurde.

— C'est la façon des Blancs, murmura Ebbits d'un air résigné.

— C'est la folie des Blancs, grogna Zilla.

— Alors, que le vieil Ebbits enseigne la sagesse à l'homme blanc, dis-je doucement.

— Le chien n'est pas tué parce qu'il doit tirer le traîneau de l'homme. Aucun homme ne tire le traîneau d'un autre homme : c'est pour ça que l'homme est tué.

— Ah ! murmurai-je.

— C'est la loi, continua le vieil Ebbits. Maintenant, écoute, homme blanc, je vais te raconter une grande folie. Il y a un Indien, son nom est Mobits. Il vole deux livres de farine à un Blanc ; que fait le Blanc ? Est-ce qu'il bat Mobits ? Non. Est-ce qu'il le tue ? Non. Que fait-il à Mobits ? Je vais te le dire, homme blanc. Il a une maison, il y met Mobits. Le toit est bon, les murs sont épais. Il allume un feu pour que Mobits ait chaud ; il donne à Mobits beaucoup à manger, et de la bonne nourriture. Mobits n'a jamais mangé si bien de sa vie : il y a du lard, du pain, et des haricots en quantité. Mobits en a bien profité.

« Il y a une grosse serrure sur la porte pour que Mobits ne s'échappe pas : ça aussi c'est une grande folie. Mobits ne va pas s'en aller puisqu'il a tout le temps beaucoup à manger, des couvertures chaudes et un grand feu. Ce serait bête de s'en aller, et Mobits n'est pas bête. Pendant trois mois, il reste dans cette maison : il a volé deux livres de farine, et à cause de ça le Blanc prend grand soin de lui. Mobits mange beaucoup de livres de farine, de sucre, du lard et des haricots en quantité. Après trois mois, le Blanc ouvre la porte et dit à Mobits qu'il doit s'en aller. Il est comme un chien qui a été nourri longtemps à un endroit, il veut rester à cet endroit et le Blanc doit chasser Mobits. Ainsi Mobits retourne à son village et il est très gras. C'est la façon de faire du Blanc et c'est incompréhensible. C'est de la folie, une grande folie.

— Mais tes fils, insistai-je, tes fils si forts et la faim qui te suit dans tes vieux jours ?

— Il y avait Moklan, commença Ebbits.

— Un homme fort, interrompit la mère. Il pouvait manier la pagaie toute la journée et toute la nuit sans jamais s'arrêter pour se reposer. Il connaissait le saumon et il connaissait l'eau : il était très sage.

— Il y avait Moklan, répéta Ebbits sans remarquer l'interruption. Durant le printemps, il a descendu le Yukon avec les jeunes hommes pour aller trafiquer au Fort Campbell. Là il y a un poste rempli des choses de l'homme blanc et un trafiquant qui s'appelait Jones. Il y a aussi un sorcier blanc que vous appelez un missionnaire. Il y a aussi à Fort Campbell un endroit dangereux, où le Yukon devient mince comme une jeune fille, les eaux y sont rapides et les courants s'élancent de tous côtés et se rencontrent, et il y a des tourbillons et des trous. Les courants changent sans cesse et les eaux changent ; ce n'est jamais la même chose. Moklan est mon fils, donc il est brave.

— Est-ce que mon père n'était pas un homme brave ? demande Zilla.

— Ton père était un brave, admit Ebbits de l'air d'un homme qui veut la paix du foyer à tout prix. Moklan est mon fils et le tien, donc il est brave. Peut-être à cause de son père qui était très brave, Moklan est trop brave. C'est comme lorsqu'on met trop d'eau dans le pot, il déborde : ainsi trop de bravoure dans Moklan et il déborde. Les jeunes hommes craignent les mauvaises eaux de Fort Campbell, mais Moklan n'a pas peur. Il rit tout haut, ho ! ho ! et va dans les eaux dangereuses. Mais là où les courants se montrent, le canot est chaviré. Un tourbillon prend Moklan par les jambes, il tourne et tourne, descend de plus en plus bas et on ne le revoit pas.

— Aï ! Aï ! gémit Zilla, il était adroit et sage, mon premier-né !

— Je suis le père de Moklan, dit Ebbits après avoir patiemment attendu que la femme ait fini sa bruyante interruption. Je suis monté dans le canot et j'ai descendu la rivière jusqu'à Fort Campbell pour me faire payer la dette.

— La dette ? dis-je. Quelle dette ?

— La dette de Jones qui est le chef trafiquant, répondit-il. C'est la loi lorsqu'on voyage dans un pays étranger.

Je secouai la tête en signe d'ignorance ; Ebbits me regarda avec compassion tandis que Zilla renifla dédaigneusement selon son habitude.

— Ecoute, homme blanc, reprit-il. Dans ton camp il y a un chien qui mord ; lorsque le chien mord un homme, tu donnes à cet homme un cadeau parce que tu as des regrets et parce que c'est ton chien. Tu payes, n'est-ce pas ? De même, s'il y a dans ton pays mauvaise chasse, ou des eaux dangeureuses, il faut payer. C'est juste, c'est la loi. Est-ce que le frère de mon père n'est pas allé au pays de Tanana où il a été tué par un ours ? Et est-ce que la tribu de Tanana n'a pas payé à mon père beaucoup de couvertures et de belles fourrures ? C'était justice : la chasse avait été mauvaise et les gens de Tanana ont payé pour la mauvaise chasse.

« Donc, moi Ebbits, je suis allé à Fort Campbell pour toucher la dette. Jones, le chef trafiquant m'a regardé et a ri. Il a ri fort et a refusé de payer. Je suis allé chez le sorcier, vous l'appelez le missionnaire et lui ai parlé longuement des eaux mauvaises et du payement qui m'était dû. Et le missionnaire a causé d'autres choses. Il m'a parlé de l'endroit où était allé Moklan, maintenant qu'il est mort : il y aurait beaucoup de feu en cet endroit ; si le missionnaire dit vrai, je sais que Moklan maintenant n'aura plus froid. Le missionnaire m'a dit aussi où j'irai quand je mourrai et il m'a dit de méchantes choses. Il dit que je suis aveugle, ce qui est un mensonge. Il dit que je suis dans une grande obscurité, ce qui est un mensonge. Et je lui réponds que le jour et la nuit viennent également pour chacun, et que dans mon village il ne fait pas plus obscur qu'à Fort Campbell. Je dis aussi que la clarté et les ténèbres, et où nous allons quand nous mourons, n'ont rien à faire avec le payement d'une dette juste pour les eaux mauvaises. Alors le missionnaire s'est mis dans une grande colère, m'a traité de méchants noms et m'a dit de m'en aller. Alors, je suis revenu de Fort Campbell où on ne m'a pas payé. Moklan est mort et dans ma vieillesse, je suis sans poisson ni viande.

— Par la faute du Blanc, dit Zilla.

— Par la faute du Blanc, approuva Ebbits. Il y a d'autres choses qui sont la faute du Blanc. Il y avait Bidarshik. L'homme blanc l'a traité d'une certaine façon et pourtant il a traité Yamikan d'une autre façon. Et d'abord je dois te dire que Yamikan était un jeune homme de ce village-ci, auquel il est arrivé de tuer un homme d'une autre race : ça a toujours de grosses conséquences.

« Ce n'était pas la faute de Yamikan s'il a tué

un Blanc. Yamikan parlait toujours doucement et fuyait la colère comme un chien fuit un bâton. Mais ce Blanc buvait beaucoup de whisky, et un soir il est venu à la maison de Yamikan, et a voulu se battre. Yamikan ne peut pas fuir, et le Blanc veut essayer de le tuer ; comme Yamikan ne veut pas mourir, il a tué le Blanc.

« Alors tout le village en a été ému ; nous craignions d'avoir à payer une grosse somme aux parents du Blanc : nous cachons donc nos couvertures, nos fourrures et toute notre richesse pour paraître pauvres et ne payer qu'une petite somme. Longtemps après arrivent les Blancs. Ce sont des soldats, ils emmènent Yamikan avec eux. Sa mère fait grand tapage et couvre ses cheveux de cendres : elle sait que Yamikan est mort. Tout le village le sait et se réjouit parce qu'aucune somme n'est demandée.

« Cela a eu lieu au printemps, alors que la glace a disparu de la rivière. Un an se passe, deux ans. Le printemps est revenu, la glace a disparu. Alors Yamikan qui est mort nous revient. Il n'est pas mort et il est très gras ; nous savons qu'il a dormi chaudement et qu'il a eu beaucoup à manger. Il a de beaux habits et est tout comme un Blanc ; il a acquis beaucoup de sagesse de sorte qu'il est vite chef du village.

« Il a d'étranges choses à raconter sur les façons du Blanc, car il a vu beaucoup de Blancs et a beaucoup voyagé dans leur pays. D'abord le soldat blanc l'emmène loin en descendant la rivière : on l'emmène jusqu'au bout de la rivière, là où elle tombe dans un lac qui est plus grand que toutes les terres et plus grand que le ciel. Je ne sais pas si le Yukon est une si grande rivière mais Yamikan a vu ça de ses propres yeux. Je ne pense pas qu'il y ait un lac plus grand que toutes les terres et que le ciel ; mais Yamikan a vu. Il m'a aussi dit que les eaux de ce lac sont salées, ce qui est étrange et impossible à comprendre.

« Mais le Blanc connaît toutes ces merveilles et je ne le fatiguerai pas en les lui racontant. Seulement, je veux lui dire ce qui est arrivé à Yamikan. Le Blanc a donné à Yamikan beaucoup de bonne nourriture ; tout le temps, Yamikan a mangé et il y en a toujours encore. Le Blanc vit sous le soleil d'après ce que dit Yamikan, dans un pays où il y a beaucoup de chaleur. Les animaux n'ont que des poils, mais pas de fourrure, et les plantes vertes deviennent grandes et là poussent de la farine, des haricots et des pommes de terre. Et sous le soleil, la famine n'existe pas. Il y a toujours beaucoup à manger : moi je ne sais pas, c'est ce que Yamikan dit. C'est ici qu'une chose étrange arrive à Yamikan : le Blanc ne lui a jamais fait aucun mal ; on lui a donné un lit chaud la nuit et beaucoup de bonne nourriture. On l'a mené au travers du grand lac salé qui est aussi grand que le ciel. Il est sur le bateau à feu du Blanc, ce que vous appelez bateau à vapeur, mais celui-là est vingt fois plus grand que le vapeur qui navigue sur le Yukon. Ce bateau est fait en fer et pourtant il ne coule pas. Ça je ne le comprends pas ; mais Yamikan dit : « J'ai voyagé loin sur le bateau de fer, et regardez, je suis encore vivant. » C'est le bateau pour les soldats des Blancs avec beaucoup de soldats à bord.

« Après de nombreuses nuits de voyage, longtemps, longtemps après, Yamikan arrive dans un pays où il n'y a pas de neige. Je ne puis pas le croire. Ce n'est pas dans la nature des choses que lorsque l'hiver vient, il n'y ait pas de neige. Mais Yamikan a vu. J'ai demandé aux Blancs et ils ont dit qu'il n'y a pas de neige dans ce pays. Mais je n'arrive pas à le comprendre et maintenant je te demande si la neige ne tombe pas dans ces contrées. Je voudrais aussi savoir le nom de ce pays : je l'ai entendu déjà, mais je voudrais l'entendre encore, pour voir si c'est le même. Je saurai ainsi si j'ai entendu des mensonges ou la vérité.

Le vieil Ebbits me regarda avec envie ; il lui fallait la vérité à tout prix quoique son désir fût de garder sa foi en cette chose merveilleuse qu'il n'avait jamais vue.

— Oui, répondis-je, c'est la vérité que tu as entendue. Il n'y a pas de neige dans ce pays et son nom est la Californie.

— Cal-i-forn-i-e, murmura-t-il deux et trois fois, écoutant avec attention le son des syllabes alors qu'elles tombaient de ses lèvres. Oui, c'est alors le même pays dont Yamikan a parlé.

Je compris que l'aventure de Yamikan était arrivée alors que l'Alaska venait de passer aux mains des Etats-Unis. Un cas de meurtre de cette nature, commis avant l'établissement de tribunaux sur le territoire, aurait été jugé aux Etats-Unis devant la cour fédérale.

— Quand Yamikan est arrivé dans le pays où il n'y a pas de neige, continua le vieil Ebbits, on l'a emmené dans une grande maison où de nombreux hommes parlent beaucoup. Ils parlent pendant longtemps et posent à Yamikan beaucoup de questions. Plus tard, ils lui disent qu'on ne lui donnera plus de tracas. Yamikan ne comprend pas, parce qu'on ne l'a jamais tracassé ; car tout le temps ils lui ont donné une place chaude pour dormir et beaucoup à manger.

« Mais après ça, ils lui ont donné de la nourriture encore meilleure, ils lui ont donné de l'argent, ils l'ont emmené dans beaucoup d'endroits du pays des Blancs et il a vu beaucoup de choses étranges qui sont au-delà de la compréhension d'Ebbits qui est un homme vieux et qui n'a pas voyagé loin. Après deux ans Yamikan retourne à son village et devient le chef plein de sagesse jusqu'à sa mort.

« Mais avant de mourir, il s'assied souvent près du feu et raconte les choses étranges qu'il a vues. Et Bidarshik qui est mon fils s'assied près du feu et écoute, et ses yeux s'agrandissent à cause de ce qu'il entend. Un soir, après que Yamikan est rentré chez lui, Bidarshik se lève comme ça, très grand et se frappant la poitrine avec son poing, il dit : « Quand je serai un homme, je voyagerai au loin, même jusqu'au pays où il n'y pas de neige et je verrai les choses de mes propres yeux. »

— Bidarshik a toujours fait des voyages lointains, interrompit fièrement Zilla.

— C'est vrai, opina Ebbits d'un ton grave ; et toujours il revint pour s'asseoir près du feu et soupirer après d'autres pays plus lointains encore.

— Et toujours il s'est rappelé le lac salé qui est aussi grand que le ciel et le pays sous le ciel, où il n'y a pas de neige, dit Zilla.

— Et toujours il a dit : « Quand j'aurai toute la force d'un homme, j'irai voir moi-même si les paroles de Yamikan sont vraies », ajouta Ebbits.

— Mais il n'y avait pas moyen d'aller au pays des Blancs, dit Zilla.

— Il est bien allé jusqu'au lac salé aussi grand que le ciel, non ? demanda Ebbits.

— Mais il n'y avait pas moyen pour lui de traverser le lac, dit Zilla.

— Excepté dans le bateau à feu des Blancs qui est fait en fer et qui est plus grand que vingt vapeurs du Yukon, dit Ebbits. (Il regarda d'un air renfrogné Zilla dont les lèvres flétries se déformaient pour parler, et lui imposa le silence.) Mais le Blanc ne voulait pas le laisser traverser le lac dans le bateau à feu... et il est revenu au foyer en soupirant après le pays sous le soleil où il n'y a pas de neige.

— Pourtant, il avait vu sur le lac salé le bateau à feu fait en fer et qui ne coulait pas, cria Zilla, toujours volubile.

— Oui, dit Ebbits, et il s'est rendu compte que Yamikan avait dit vrai en parlant de ce qu'il avait vu. Mais il n'y avait aucun moyen pour que Bidarshik voyage au pays des Blancs et il est devenu malade et découragé comme un vieil homme et n'a pas voulu quitter le feu. Il ne sortait plus pour tuer de la viande.

— Il ne mangeait pas non plus la viande qu'on plaçait devant lui, ajouta Zilla. Il secouait la tête et disait : « Je ne veux que manger la nourriture du Blanc et engraisser comme Yamikan. »

— Et il ne mangeait pas la viande, continua Ebbits, et la maladie de Bidarshik a augmenté à tel point que j'ai cru qu'il allait mourir. Ce n'était pas une maladie du corps, mais de la tête : c'était une maladie du désir. Moi Ebbits son père, j'ai fait une grande réflexion. Je n'ai plus de fils et je ne veux pas que Bidarshik meure. C'est une maladie de la tête et il n'y a qu'une chose pour la guérir. Il faut que Bidarshik fasse le voyage au travers du lac grand comme le ciel, dans le pays sous le soleil et où il n'y a pas de neige. Je pense longtemps et alors je vois un moyen.

« Ainsi un soir qu'il était assis près du feu, très malade, la tête basse je lui ai dit : « Mon fils, j'ai appris le moyen pour que tu ailles au pays des Blancs. » Il me regarde, et sa figure est joyeuse. J'ajoute : « Va, comme Yamikan est allé. » Mais Bidarshik est malade et ne comprend pas. « Va, et trouve un Blanc, et tue-le comme l'a fait Yamikan. Alors le soldat blanc viendra te prendre et ils te feront traverser le lac et t'emmèneront au pays des Blancs. Ainsi, comme Yamikan, tu reviendras très gras, les yeux pleins de ce que tu auras vu et la tête pleine de sagesse. »

« Et Bidarshik se lève vite et sa main se tend pour saisir son fusil. « Où vas-tu ? — Tuer le Blanc », répond-il. Et je vois que mes paroles ont été bonnes pour les oreilles de Bidarshik et qu'il va retrouver la santé. Je vois aussi que mes paroles ont été sages.

« Un Blanc est venu dans le village, il ne cherchait pas de l'or dans le sol ni des fourrures dans la forêt. Il cherche tout le temps des mouches et des scarabées. Il ne mange ni les mouches, ni les scarabées, pourquoi les recherche-t-il alors ? Je ne sais pas. Tout ce que je sais, c'est qu'il est un Blanc drôle à voir : il cherche les œufs des oiseaux, il ne mange pas les œufs ; tout ce qui est à l'intérieur, il le retire et ne garde que la coquille. Les coquilles d'œufs ne sont pas bonnes à manger ; il ne les mange pas non plus mais les met dans des boîtes molles où elles ne se casseront pas. Il attrape beaucoup de petits oiseaux, il ne prend que les peaux et les met dans des boîtes. Il aime aussi les os ; les os ne sont pas bons à manger. Cet homme étrange préfère les os du vieux temps qu'il déterre du sol.

« Mais ce n'est pas un Blanc dangereux et je sais qu'il sera facile de le tuer. Alors je dis à Bidarshik : « Mon fils, voici le Blanc que tu dois tuer », et Bidarshik dit que mes paroles sont sages. Alors il va à un endroit où il sait qu'il y a beaucoup d'os dans le sol, il les déterre et en apporte un très grand nombre au camp de l'étrange homme blanc. Le Blanc est très heureux, sa figure luit comme le soleil, il sourit avec beaucoup de bonheur en regardant les os. Il baisse la tête pour bien voir les os et alors Bidarshik le frappe fortement sur la tête avec la hache une seule fois, comme ça, et le Blanc étrange donne un coup de pied et meurt.

« Maintenant, ai-je dit à Bidarshik, le soldat blanc va venir te prendre et t'emmener dans le pays sous le ciel où tu mangeras beaucoup et deviendras gras. » Bidarshik est heureux : sa maladie a déjà passé, il est assis près du feu et attend la venue des soldats blancs.

« Comment pouvais-je savoir que la manière du Blanc n'est jamais deux fois la même ? demanda le vieux se tournant vers moi avec férocité. Comment pouvais-je savoir que ce que le Blanc a fait hier, il ne le fera pas aujourd'hui et que ce qu'il fait aujourd'hui et il ne le fera pas demain ? (Ebbits secoua la tête tristement). Impossible de comprendre le Blanc : hier il emmène Yamikan au pays qui est sous le soleil et l'engraisse avec beaucoup de nourriture. Aujourd'hui il prend Bidarshik et qu'est-ce qu'il en fait ? Hein, tu le sais ? Moi, Ebbits son père, je vais te le dire. Il emmène Bidarshik à Fort Campbell, noue une corde autour de son cou, et quand ses pieds ne sont plus sur le sol, il meurt.

— Aïe, aïe, pleura Zilla, et jamais il ne traverse le lac grand comme le ciel ni ne voit le pays sous le soleil où la neige ne descend jamais.

— C'est pour ça, dit le vieil Ebbits avec une grave dignité, qu'il n'y a personne pour chasser la viande pour moi dans ma vieillesse et je m'assieds près du feu et raconte mon histoire au Blanc qui m'a donné la nourriture, du thé fort et du tabac pour ma pipe.

— A cause du Blanc misérable et menteur, dit Zilla.

— Non, répondit le vieux d'une voix douce mais catégorique, c'est à cause de la manière du Blanc qu'on ne comprend pas et qui n'est jamais deux fois le même.

IV

L'HISTOIRE DE KEESH

Il y a fort longtemps, Keesh vivait au bord de la mer polaire ; il fut le chef de son village durant de longues années prospères et mourut honoré, laissant son nom sur les lèvres des hommes. Il y a si longtemps de cela que les vieillards seuls se rappellent son nom, son nom et l'histoire qu'ils recueillirent des vieillards qui les avaient précédés et que les vieilles gens à venir diront à leurs enfants et aux enfants de ceux-ci jusqu'à la fin des temps. Et c'est pendant l'obscurité de l'hiver, quand les tempêtes du Nord provoquent de grandes bourrasques sur les glaces, lorsque l'air est plein de blancheurs flottantes et que nul homme ne s'aventure loin ; c'est ce moment-là que l'on choisit pour conter comment Keesh s'éleva, de l'igloo le plus pauvre du village, au pouvoir et au premier rang.

L'histoire dit qu'il était un enfant intelligent, plein de force et de santé, et d'après leur façon de compter le temps, il avait vu treize soleils. Car chaque hiver, le soleil laisse la terre dans l'obscurité et l'année suivante un soleil nouveau apparaît afin que les hommes puissent une fois encore se réchauffer et se voir le visage l'un de l'autre. Le père de Keesh, un homme très brave, avait trouvé la mort pendant une famine, alors qu'il cherchait à sauver la vie des siens en prenant celle d'un grand ours polaire. Dans son ardeur, il en vint aux prises avec l'ours et ses os furent broyés ; mais l'ours avait beaucoup de viande et les siens furent sauvés. Keesh vécut seul avec sa mère.

Mais comme les hommes ont la mémoire courte, ils oublièrent l'action de son père ; lui n'étant qu'un garçon et sa mère qu'une femme, ils furent obligés de vivre dans le plus misérable des igloos.

Ce fut un soir, au conseil assemblé dans le grand igloo de Klosh Kwan le chef, que Keesh, digne du sang qui coulait dans ses veines, montra la bravoure qui le faisait se redresser. Avec la fierté d'un ancien il se leva et attendit le silence au milieu d'un murmure de voix.

— Il est vrai que la viande m'est distribuée, à moi et à ma mère, dit-il, mais cette viande est souvent coriace et peu fraîche et de plus elle contient quantité d'os.

Les chasseurs grisonnants et blancs, et les plus jeunes qui étaient pleins de force furent ébahis. Jamais pareille chose ne s'était présentée : un enfant qui parlait comme un homme fait et qui leur jetait des reproches à la figure !

Mais Keesh continua, fermement et d'un ton grave :

— C'est parce que je sais que mon père Bok était un grand chasseur que je dis ça. On raconte que Bok rapportait à la maison plus de viande que n'importe lequel parmi les meilleurs chasseurs, qu'il la découpait de ses propres mains, et que, de ses propres yeux, il veillait à ce que la dernière vieille femme et le dernier vieux aient une bonne portion.

— Na ! Na ! s'écrièrent les hommes, mettez l'enfant dehors, envoyez-le au lit ! Il n'est pas un homme ; il n'a pas le droit d'adresser des reproches à des hommes et à des barbes grises !

Calmement, il attendit que le tumulte s'apaisât.

— Tu as une femme, Ugh-Gluk, dit-il, et tu parles pour elle. Toi également, Massuk, et une mère aussi, et c'est pour elles que tu parles. Ma mère n'a personne que moi ; c'est pourquoi je prends la parole. Comme je le dis, Bok est mort parce qu'il a chassé avec trop d'ardeur, mais il est juste que moi son fils et que Ikeeza qui est ma mère et qui était sa femme, ayons de la viande en abondance tant que la viande sera abondante dans la tribu. Moi, Keesh, fils de Bok, j'ai parlé.

Il s'assit, les oreilles attentives et alertes au flot de protestations et d'indignation que ses paroles avaient soulevées.

— Qu'un gamin parle au conseil ! murmurait le vieux Gluk.

— Est-ce que les enfants en nourrice vont nous dire ce qu'il faut faire ? demanda Massuk tout haut. Suis-je vraiment un homme, pour me laisser berner par chaque enfant qui pleure pour avoir de la viande !

La colère éclata. On lui commanda d'aller se coucher, on le menaça de ne pas lui donner du tout de viande et on lui promit une sévère correction pour le châtier de sa présomption. Les yeux de Keesh commencèrent à s'allumer et le sang se mit à battre sous sa peau. Au milieu des insultes il se leva soudain.

— Ecoutez-moi. Jamais je ne parlerai plus au conseil, jamais à moins que les hommes ne viennent me dire : « Il est bon que tu parles, Keesh, c'est notre vœu. » Encore un dernier mot. Bok mon père était un grand chasseur. Moi aussi, son fils, je vais aller chasser la viande que je vais manger. Et je tiens à vous dire dès maintenant que le partage de ce que je tuerai sera équitable. Aucune veuve, aucun faible ne pleurera la nuit parce qu'il n'y a pas de viande, alors que les hommes forts gémissent de douleur parce qu'ils ont trop mangé. A l'avenir la honte marquera les forts qui ont trop mangé. C'est moi Keesh qui le dis.

Les railleries et les rires moqueurs le suivirent au-dehors de l'igloo, mais les mâchoires serrées il alla son chemin sans regarder à droite ni à gauche.

Le lendemain il longea la plage, là où la terre et la glace se confondent. Ceux qui le virent partir, remarquèrent qu'il avait son arc ainsi qu'une bonne quantité de flèches à pointes d'os ; il portait sur le dos le grand épieu de chasse de son père. Il y eut des rires et beaucoup de bavardages à ce sujet. C'était une chose sans précédent, jamais les enfants de son âge n'allaient à la chasse, surtout seuls. Il y eut des hochements de tête et des murmures de prophétie, et les femmes regardèrent Ikeeza dont le visage était grave et triste.

— Il reviendra bientôt, dirent-elles gaiement.

— Laissez-le aller, ça lui donnera une leçon dirent les chasseurs, il reviendra vite, il sera humble et doux dans son discours après cette expérience.

Mais un jour passa, puis un autre et le troisième une forte tempête souffla et toujours pas de Keesh. Ikeeza s'arracha les cheveux et se barbouilla la figure de suie d'huile de phoque en signe de chagrin ; et les femmes s'en prirent aux hommes avec des paroles amères pour avoir maltraité l'enfant et l'avoir envoyé à la mort. Les hommes ne répondirent pas et s'apprêtèrent à aller à la recherche du corps dès que la tempête serait apaisée.

Le lendemain matin de bonne heure, cependant, Keesh fit son entrée dans le village. Mais il n'avait pas l'air honteux : il portait sur ses épaules un fardeau de viande fraîchement tuée. Il y avait de la fierté dans sa démarche et de l'arrogance dans ses paroles.

— Vous les hommes, allez, avec chiens et traîneaux, et suivez ma piste pendant presque une journée, dit-il. Il y a beaucoup de viande sur la glace, une ourse et deux oursons.

Ikeeza était confondue de joie ; mais il reçut ses démonstrations comme un homme et dit :

— Viens, Ikeeza, mangeons ; après quoi je dormirai. Je suis fatigué.

Il entra dans leur igloo et mangea beaucoup ; ensuite il dormit pendant vingt heures d'affilée.

Tout d'abord on manifesta beaucoup de scepticisme, et les discussions allèrent bon train. Tuer un ours polaire est déjà fort dangereux, mais c'est trois fois plus dangereux de tuer une ourse et ses oursons. Les hommes ne pouvaient pas croire que le gamin Keesh, à lui seul, eût accompli une chasse aussi merveilleuse. Mais les femmes parlèrent de la viande fraîche qu'il avait rapportée sur son dos, et cette preuve constituait un argument écrasant contre leur incrédulité. A la fin, les hommes partirent à contrecœur, en disant que si la chose était vraie, il était très probable qu'il avait négligé de découper les bêtes. Dans le Nord, c'est une précaution nécessaire, dès que l'animal est tué, autrement la viande gèle si dur qu'elle émousse le fil du couteau le mieux aiguisé. Un ours qui pèse trois cents livres, gelé, raide, n'est pas aisé à charger sur le traîneau ni à tirer sur la glace rugueuse. Mais arrivés à l'endroit désigné, ils trouvèrent non seulement la chasse dont ils avaient douté, mais constatèrent aussi que Keesh avait découpé les bêtes en quartiers et enlevé les entrailles, à la façon des vrais chasseurs.

Ainsi commença le mystère de Keesh, un mystère qui devint plus profond chaque jour. A sa première expédition, il tua un jeune ours qui avait presque atteint sa taille ; au voyage suivant, un grand ours et sa compagne. Ordinairement, son absence durait trois ou quatre jours, mais il n'était pas rare qu'il restât une semaine de suite sur le champ de glace. Il refusait toujours des compagnons pour aller à la chasse et les gens se demandaient comment il pouvait faire. Jamais il ne prenait de chien avec lui, et pourtant un chien est d'un si grand secours !

— Pourquoi ne chasses-tu que l'ours ? lui demanda un jour Klosh-Kwan.

Et Keesh répondit avec à-propos :

— Tout le monde sait qu'il y a plus de viande dans un ours.

Mais dans le village on parlait aussi de sorcellerie.

— Il chasse avec les mauvais esprits, prétendaient certains hommes, c'est pourquoi sa chasse est heureuse. Autrement, comment cela serait-il possible ? il doit chasser avec les mauvais esprits.

— Peut-être ce ne sont pas les mauvais, mais les bons esprits, disaient d'autres. On sait que son père était un excellent chasseur : peut-être son père chasse-t-il avec lui pour qu'il atteigne l'excellence et la patience et la science. Qui sait ?

Néanmoins, son succès continuait, et les chasseurs de moindre adresse étaient souvent occupés à ramener la viande qu'il avait tuée. Et il se montrait équitable dans le partage de cette viande : comme son père l'avait été avant lui, il veilla à ce que la dernière des vieilles femmes et le dernier des vieux eussent une bonne portion. Il ne gardait pour lui-même que le nécessaire. C'est pour cela et aussi à cause de son mérite comme chasseur, qu'on le regardait avec respect et même avec crainte ; on parlait même de le nommer chef après le vieux Klosh-Kwan. Ils s'attendaient à le voir réapparaître au conseil après tout ce qu'il avait accompli ; mais jamais il ne vint et ils n'osèrent pas le lui demander.

Un jour il dit à Klosh-Kwan et à plusieurs chasseurs :

— J'ai l'intention de me bâtir un igloo. Ce sera un grand igloo dans lequel Ikeeza et moi nous pourrons habiter confortablement.

— Oui, dirent-ils en acquiesçant gravement.

— Mais je n'ai pas le temps ; mon métier est la chasse et elle me prend tout mon temps. Aussi ne serait-ce que justice si les hommes et les femmes du village qui manquent de viande me bâtissaient mon igloo.

C'est ainsi que l'igloo but bâti, plus vaste encore que l'habitation de Klosh-Kwan. Keesh et sa mère s'y installèrent ; c'était la première fois depuis la mort de Bok qu'elle jouissait de quelque prospérité. Ce fut plus qu'un bien-être matériel pour elle, car à cause de son fils remarquable et de la position qu'il lui avait donnée, on la considéra comme la première femme du village. Les autres femmes vinrent la voir, lui demandèrent son avis et citèrent sa sagesse lorsqu'elles discutaient entre elles ou avec les hommes.

Mais c'était le mystère entourant la chasse merveilleuse de Keesh qui tenait le premier rang dans leurs esprits, et un jour Ugh-Gluk l'accusa de sorcellerie à sa face.

— On t'accuse, dit Ugh-Gluk menaçant, d'avoir des rapports avec les mauvais esprits, ce qui fait que ta chasse est récompensée.

— La viande n'est-elle pas bonne ? répondit Keesh. Est-ce que quelqu'un dans le village est tombé malade d'en avoir mangé ? Comment sais-tu qu'il s'agit de sorcellerie ? Ou bien est-ce que tu devines, à l'aveuglette, simplement parce que tu me jalouses ?

Et Ugh-Gluk s'en alla penaud, sous les propos narquois des femmes. Mais une nuit, dans le conseil, on décida après une longue délibération, de mettre des espions sur son chemin lorsqu'il s'en irait à la chasse afin de découvrir sa méthode. Aussi, à sa première expédition, deux jeunes hommes, Bim et Bawn, deux des meilleurs chasseurs, suivirent ses pas en ayant soin de ne pas se laisser voir.

Au bout de cinq jours, il revinrent, les yeux hors de la tête et racontèrent d'une voix tremblante ce qu'ils avaient vu. Le conseil fut réuni en hâte dans l'habitation de Klosh-Kwan, et Bim commença le récit.

— Frères ! comme on nous l'a ordonné, nous avons voyagé sur la piste de Keesh et en faisant preuve de ruse afin qu'il ne le sache pas. Vers le milieu du premier jour, il rencontra un grand ours : c'était une belle bête.

— Jamais on n'en a vu de plus formidable, renchérit Bawn. L'ours n'avait pas envie de se battre car il s'est détourné et est parti doucement sur la glace. Nous l'avons vu des rochers du rivage, et l'ours s'est dirigé de notre côté ; derrière lui est arrivé Keesh qui n'avait aucune crainte. Et il a lancé des mots insultants à l'ours, a remué les bras et a fait beaucoup de bruit. Alors la bête s'est fâchée, s'est mise sur ses pattes de derrière et a grogné. Mais Keesch a marché droit à l'ours.

— Oui, dit Bim qui reprit le fil du récit, Keesh a marché droit à l'ours, l'ours est venu à lui et Keesh s'est enfui. Mais tout en courant, il a laissé tomber une petite boule ronde sur la glace. L'ours s'est arrêté, l'a flairée et l'a avalée. Keesh a continué à courir et à laisser tomber les petites boules rondes que l'ours avalait à mesure.

Des exclamations et des cris de doute s'élevèrent, Ugh-Gluk exprima ouvertement son incrédulité.

— Nous l'avons vu de nos yeux, affirma Bim.

— Oui, de nos yeux, appuya Bawn. Ça a continué jusqu'à ce que l'ours se dresse subitement et crie de douleur tout en battant l'air de ses pattes de devant. Et Keesh continuait son chemin pour rester à bonne distance, mais l'ours ne s'occupait pas de lui, à cause de la douleur que les petites boules rondes donnaient à ses entrailles.

— Oui, ses entrailles, interrompit Bim, car il s'est donné des coups de griffes et a sautillé sur place comme un jeune chien qui joue ; seulement à l'entendre grogner et hurler, on comprenait bien que ce n'était pas du jeu mais de la douleur. Jamais on n'a vu une chose pareille.

— Non, jamais, continua Bawn, et c'était un si grand ours.

— Sorcellerie, dit Ugh-Gluk.

— Je ne sais pas, répliqua Bawn, je ne dis que ce que mes yeux ont vu. Au bout de quelque temps, l'ours s'est fatigué, car il était très lourd et avait beaucoup gambadé ; puis il est allé du côté du rivage, en secouant la tête doucement de droite à gauche ; il s'asseyait sans cesse pour crier et hurler. Et Keesh a suivi l'ours et nous avons suivi Keesh tout ce jour-là et les trois jours suivants. L'ours affaibli n'a pas arrêté de crier de douleur.

— C'était un charme, s'exclama Ugh-Gluk, sûrement c'était un charme.

— C'est possible.

Et Bim remplaça Bawn :

— L'ours errait dans tous les sens, revenait sur ses pas, croisait ses traces en faisant des cercles si bien qu'à la fin, il s'est rapproché de l'endroit où Keesh l'avait d'abord rencontré. L'ours à ce moment-là était très malade et ne pouvait aller plus loin ; alors Keesh est allé à lui et l'a tué d'un coup d'épieu.

— Et après, demanda Klosh-Kwan.

— Alors nous avons laissé Keesh en train de dépouiller l'ours et nous sommes revenus en courant pour porter la nouvelle.

Cet après-midi-là, les femmes ramenèrent la viande de l'ours pendant que les hommes étaient réunis au conseil. Lorsque Keesh arriva, on lui envoya un messager lui demandant de venir au conseil. Mais il répondit qu'il avait faim et était fatigué et aussi que son igloo était grand et pouvait contenir beaucoup d'hommes.

La curiosité les tenait si fort que tout le conseil, Klosh-Kwan en tête, se leva et alla vers l'igloo de Keesh. Il était en train de manger, mais il les reçut avec respect et les fit asseoir selon leur rang. Ikeeza était fière et embarrassée à la fois, mais Keesh restait calme.

Klosh-Kwan répéta l'information que Bim et Bawn avaient rapportée et termina en disant d'une voix grave :

— O Keesh, il faut que tu nous expliques ta manière de chasser. Y a-t-il de la sorcellerie là-dedans ?

Keesh leva son regard et sourit.

— Non, ô Klosh-Kwan, comment veux-tu qu'un garçon de mon âge sache quoi que ce soit au sujet des sorciers, et je ne sais rien d'eux. J'ai tout simplement trouvé une méthode pour tuer facilement l'ours de glace, voilà tout. C'est de l'intelligence, non de la sorcellerie.

— Est-ce que n'importe quel homme peut en faire autant ?

— N'importe lequel.

Il y eut un long silence, les hommes se regardèrent les uns les autres, et Keesh continua à manger.

— Et... et... veux-tu nous le dire, ô Keesh ? demanda à la fin Klosh-Kwan d'une voix tremblante.

— Oui, je vous le dirai, assura-t-il en finissant de sucer un os à moelle. (Puis il se leva.) C'est très simple, regardez.

Il ramassa une fine lame de baleine et la leur montra. Les extrémités étaient effilées comme des pointes d'aiguilles. Il plia avec soin la lame qui bientôt disparut dans sa main. Puis, soudain, relâchant la lame, il la laissa se redresser. Il ramassa un morceau de lard de baleine :

— Ainsi, dit-il, vous prenez un petit morceau de lard de baleine que vous évidez. Dans ce creux vous mettez la lame enroulée comme ceci, ensuite vous la couvrez d'un autre morceau de graisse. Vous mettez le tout dehors, où sous l'effet du gel, ça forme une petite boule ronde. L'ours l'avale, la graisse fond, la lame de baleine redresse ses deux extrémités effilées, l'ours devient malade et lorsqu'il est très malade, eh bien, vous le tuez avec un épieu. C'est très simple.

Et Ugh-Gluk dit : Oh ! Et Klosh-Kwan dit : Ah ! Et chacun de s'écrier à sa façon, et tous comprirent.

L'AMOUR DE LA VIE

Voilà l'histoire de Keesh qui vivait il y a longtemps au bord de la mer polaire. Parce qu'il se servit de son intelligence, et non de sorcellerie, il s'éleva du plus humble igloo à la position de chef de son village. On raconte que, durant toutes les années de sa vie, sa tribu prospéra et ni les veuves ni les faibles ne pleuraient tout haut la nuit parce qu'il n'y avait pas de viande.

V

L'IMPRÉVU

Il est toujours facile de voir ce qui saute aux yeux, de faire ce qui est prévu. La tendance de la vie intellectuelle est plutôt statique que dynamique ; cette tendance devient propulsion grâce à la civilisation où on ne voit que ce qui est évident, où l'imprévu arrive rarement. Lorsque l'inattendu survient cependant et qu'il entraîne de graves conséquences, les faibles succombent. Comme ils ne discernent pas ce qui n'est pas facile à voir, ils ne peuvent pas agir contre l'inattendu, incapables qu'ils sont d'ajuster leurs vies bien réglées dans des ornières nouvelles et étranges. Bref, lorsqu'ils arrivent au bout de leur ornière, ils meurent.

D'autre part, il y a des hommes qui parviennent à survivre, des individus entraînés qui échappent à la règle de l'évidence et du prévisible ; ils ajustent leurs vies à toutes les règles étranges qu'elles peuvent rencontrer ou auxquelles elles sont forcées de s'assujettir.

Edith Wittlesey était du nombre. Elle était née dans un district rural d'Angleterre où la vie s'écoule, toute tracée d'avance, et où l'imprévu est tellement inattendu que lorsqu'il arrive, il est considéré comme quelque chose d'immoral.

De bonne heure, elle se mit en service et alors qu'elle était jeune encore, par une promotion parfaitement réglée, elle devint femme de chambre d'une dame.

L'effet de la civilisation est d'imposer la loi humaine à tout ce qui environne l'homme en attendant que tout devienne d'une régularité de machine. On élimine ce qui est contestable, on se prépare à l'inévitable. On n'est même pas mouillé par la pluie, ni refroidi par la gelée. Et la mort, au lieu de s'avancer terrifiante et accidentelle, devient un spectacle arrangé d'avance ; elle se dirige, suivant une ornière bien tracée, vers le caveau de famille aux gonds bien protégés contre la rouille, et dont la poussière est sans cesse balayée.

C'était le milieu où vivait Edith Whittlesey. Rien ne se passait jamais ; c'est à peine si on peut dire qu'il arriva quelque chose quand à l'âge de vingt-cinq ans elle accompagna sa patronne aux Etats-Unis. L'ornière changea simplement de direction, c'était la même ornière bien tracée. C'était un chemin qui traversait l'Atlantique sans incident, le paquebot n'était pas un bateau en pleine mer, mais un grand hôtel à maints corridors, qui s'avançait vite et placide ; il écrasait les vagues et les subjuguait de sa masse colossale, au point que la mer n'était plus qu'un étang, monotone et calme.

De l'autre côté, l'ornière continuait sur terre, une route bien tracée, respectable et qui offrait des hôtels partout où l'on s'arrêtait et des hôtels sur roues entre les points d'arrêt.

A Chicago, alors que sa patronne voyait un côté de la vie sociale, Edith Whittlesey découvrit l'autre ; et lorsqu'elle quitta le service de la dame et devint Edith Nelson, elle comprit peut-être vaguement qu'elle avait le pouvoir de lutter avec l'imprévu et de le vaincre. Hans Nelson, émigrant, Suédois de naissance et charpentier de profession, avait en lui cette turbulence des Teutons qui chasse toujours la race vers l'Ouest, en quête d'aventures. C'était un homme lourd et bien musclé, de peu d'imagination et de grande initiative ; il possédait en lui une loyauté et une affection aussi solides que lui-même.

— Quand j'aurai travaillé dur et que je me

serai mis de l'argent de côté, j'irai au Colorado, avait-il dit à Edith le lendemain de leur mariage.

Un an plus tard, ils étaient au Colorado, où Hans Nelson connut pour la première fois la vie des mineurs et où il contracta lui-même la fièvre de l'or. Il prospecta dans le Dakota, l'Idaho et l'Oregon oriental, puis jusque dans les montagnes de la Colombie britannique. Au campement ou sur la route, Edith Nelson était toujours avec lui, partageant sa chance, ses fatigues et son travail. Elle échangea le pas court de la femme élevée dans une maison pour le pas allongé du montagnard. Elle apprit à regarder le danger d'un œil limpide et avec compréhension, perdant pour toujours cette terreur panique faite d'ignorance qui afflige les citadins et les rend idiots comme de stupides chevaux ; ainsi, glacés d'épouvante, ils attendent leur sort au lieu de lutter contre lui, ou fuient dans une terreur aveugle qui les pousse à se détruire eux-mêmes alors que la route est bloquée par leurs corps.

Edith Nelson rencontra l'imprévu à chaque tournant du chemin, et elle habitua ses yeux à voir dans le paysage non ce qui est évident mais ce qui est caché. Elle, qui de sa vie n'avait jamais cuisiné, elle apprit à faire le pain sans s'aider de houblon, de levure ni de soude, et à le cuire dessus et dessous dans une poêle à frire, sur un feu ouvert. Et quand la dernière tasse de farine avait disparu, quand le dernier morceau de lard avait été mangé, elle savait se mettre à hauteur des circonstances et préparer un repas de mocassins ou de morceaux de cuir mou qui en quelque sorte chevillait l'âme au corps et lui permettait de se traîner un peu plus loin.

Elle apprit à bâter un cheval et y montra autant d'adresse qu'un homme, tâche qui brise le cœur et l'orgueil de tout citadin, et elle savait le nœud spécial qu'il fallait faire suivant les charges. Elle savait aussi allumer un feu avec du bois mouillé sous une pluie battante sans perdre sa bonne humeur. Bref, sous toutes les formes, elle sut mater l'imprévu. Mais le Grand Imprévu devait encore survenir dans sa vie et la mettre à l'épreuve.

Comme la marée des chercheurs d'or montait vers le nord, en Alaska, il était inévitable que Hans Nelson et sa femme ne fussent pris par le flux et entraînés vers le Klondyke. L'automne de 1897 les trouva à Dyea, mais sans argent pour transporter leur équipement à travers la Passe de Chilcoot et l'embarquer jusqu'à Dawson.

C'est pourquoi Hans Nelson travailla cet hiver-là de son métier et aida à bâtir la ville-champignon de Skaguay.

Il était sur le seuil, incertain, et durant tout l'hiver, il entendit l'appel de l'Alaska. La baie de Latuya l'attirait plus fort que le reste et l'été de 1898 le trouva lui et sa femme dans le dédale de la côte déchiquetée, à bord de canots Siwash de neuf mètres. Avec eux il y avait des Indiens et trois hommes blancs. Les Indiens les débarquèrent eux et leurs bagages dans une anse solitaire, à environ cent cinquante kilomètres au nord de Latuya Bay et s'en retournèrent à Skaguay. Les trois hommes restèrent car ils étaient membres de l'expédition organisée. Chacun avait mis une part égale pour fournir l'équipement, les profits devaient être partagés également. Edith Nelson avait entrepris de faire la cuisine pour l'expédition et devait recevoir la part d'un homme.

Tout d'abord, on coupa des sapins et on construisit une cabine de trois chambres. C'était la tâche d'Edith Nelson de garder cette cabine. Le travail des hommes consistait à chercher de l'or, ce qu'ils firent, et à en trouver, ce qu'ils firent aussi. Ce ne fut point une trouvaille étonnante, tout simplement un gisement de bas rendement où les longues heures de dur labeur rapportaient à chaque homme entre quinze et vingt dollars par jour. Le court été de l'Alaska dura plus que d'ordinaire, ils en profitèrent et remirent leur retour à Skaguay jusqu'au dernier moment. Puis ce fut trop tard : on avait fait des arrangements pour accompagner plusieurs douzaines d'Indiens du district dans leur voyage d'automne le long de la côte. Les Siwashs avaient attendu les Blancs jusqu'à la onzième heure, puis étaient partis. Il ne restait à l'expédition que d'attendre une occasion. Pendant ce temps-là, on avait lavé l'or et fait provision de bois de chauffage.

L'été indien s'est attardé, puis tout à coup, avec la soudaineté d'un éclat de trompette, l'hiver arriva. Il arriva en une seule nuit, et les mineurs se réveillèrent au vent qui hurlait, fouettait la neige et gelait l'eau. Il y avait tempête sur tempête, et, dans l'intervalle, c'était le silence que seul interrompait le grondement des flots sur la côte désolée où l'écume salée frangeait la plage de blancheur gelée.

Dans la cabine, tout alla bien. Leur poudre d'or pesait environ huit mille dollars ; ils ne pouvaient qu'être satisfaits. Les hommes firent des raquettes pour la neige, chassèrent afin de remplir le garde-manger de viande fraîche, et durant les longues soirées, jouèrent d'interminables parties de whist et de pedro. Comme les mines ne marchaient plus, Edith Nelson laissa les hommes préparer le feu et laver la vaisselle, tandis qu'elle racommodait leurs vêtements.

Dans la petite cabine, personne ne se plaignait, ne se disputait ou ne se querellait, et ils se félicitaient souvent l'un l'autre de la cordialité qui régnait entre nous. Hans Nelson était tranquille et accommodant et Edith avait depuis longtemps gagné sa grande admiration pour savoir si bien s'entendre avec les gens. Harkey, un homme du Texas, long et maigre, faisait preuve d'une amabilité extraordinaire pour quelqu'un d'aussi taciturne, et tant qu'on ne récusait pas sa théorie selon laquelle l'or poussait, il était bon compagnon.

Le quatrième membre de la bande, Michaël Dennin, contribuait grâce à son esprit irlandais à la gaieté de la maisonnée. Il était grand, puissant, disposé à de soudains accès de colère à propos de petites choses et d'une bonne humeur qu'il ne perdait pas, même sous la tension des moments graves.

Le cinquième et dernier, Dutchy, était pour la bande une cible de bonne volonté. Il allait jusqu'à faire rire à ses dépens afin de maintenir la gaieté. Son but délibéré dans la vie semblait de faire rire. Aucune querelle sérieuse n'avait encore obcurci la sérénité de la petite famille, et maintenant que chacun pouvait montrer seize cents dollars comme résultat du travail d'un court été, il régna un esprit de prospérité parmi ces gens bien nourris et repus.

C'est alors que l'imprévu arriva. Ils venaient de s'asseoir à la table pour le petit déjeuner. Quoiqu'il fût déjà huit heures (l'heure du repas avait été naturellement retardée depuis que le travail régulier de la mine avait cessé), une bougie fichée dans le col d'une bouteille éclairait la table. Edith et Hans étaient installés à chaque bout. D'un côté, le dos tourné à la porte, Harkey et Dutchy étaient assis. La place de l'autre côté était vacante, Dennin n'était pas encore rentré.

Hans Nelson regarda la chaise vide, remua doucement la tête et dit, en essayant d'être drôle :

— Question de bouffer, il est toujours le premier. C'est étrange, il est peut-être malade ?

— Où est Michaël ? demanda Edith.

— Il s'est levé un peu plus tôt que nous, et il est sorti, répondit Harkey.

La figure de Dutchy rayonnait malicieusement. Il feignait de savoir la cause de l'absence de Dennin et prenait un air mystérieux pendant que les autres l'accablaient de questions. Edith après avoir donné un coup d'œil dans la chambre des hommes, revint à la table. Hans la regarda et elle secoua la tête.

— Ça ne lui arrive jamais d'être en retard pour les repas, remarqua-t-elle.

— Je ne comprends pas, dit Hans, il a toujours un appétit d'ogre.

— C'est trop fort, dit Dutchy, en secouant la tête tristement.

On allait plaisanter sur cette absence du camarade.

— C'est dommage, reprit Dutchy.

— Quoi donc ? demandèrent-ils en chœur.

— Pauvre Michaël, répondit-il d'un ton lugubre.

— Eh bien quoi, qu'est-ce qu'il a, Michaël ? demanda Harkey.

— Il n'a plus faim, dit Dutchy. Il a perdu son appétit. Il n'aime pas la nourriture.

— On le croirait pas à le voir s'empiffrer jusqu'aux oreilles, remarqua Harkey.

— Il le fait pour être poli envers Mme Nelson, répliqua Dutchy aussitôt. Je sais, c'est trop fort. Pourquoi n'est-il pas ici ? Parce qu'il est sorti. Pourquoi est-il sorti ? Pour se donner de l'appétit. Comment se donne-t-il de l'appétit ? Il marche pieds nus dans la neige. Vous voyez, je sais. C'est comme ça que les gens riches courent après un appétit lorsqu'il a disparu et qu'il s'enfuit. Michaël a seize cents dollars. Il n'a pas d'appétit. Donc, c'est pour ça qu'il court après l'appétit. Ouvrez la porte et vous le verrez pieds nus dans la neige. Non, vous ne verrez pas l'appétit : voilà l'ennui. Quand il aura vu l'appétit, il l'attrapera et viendra déjeuner.

Ils éclatèrent de rire aux bêtises de Dutchy. Le bruit n'avait pas cessé que la porte s'ouvrit et Dennin entra. Tous se retournèrent pour le voir. Il portait un fusil. Alors qu'ils regardaient, il épaula et tira deux fois. Au premier coup, Dutchy tomba, face contre la table, en renversant sa tasse de café, ses cheveux jaunes trempaient dans son assiette de bouillie. Son front appuyé sur le rebord maintint l'assiette contre ses cheveux, à un angle de 45°. Harkey sauta sur ses pieds au moment du second coup : il s'écroula, la tête la première, sur le plancher, tandis que son « Mon Dieu » mourait dans sa gorge.

C'était l'imprévu. Hans et Edith étaient abasourdis. Ils restaient assis à la table, le corps raidi, les yeux fixes, fascinés par le meurtrier. Ils le virent vaguement à travers la fumée de la poudre, et dans le silence on n'entendait que l'égouttement du café renversé qui coulait sur le plancher. Dennin ouvrit la culasse de son fusil et jeta les douilles vides. Tenant l'arme de la main droite, il porta la gauche à sa poche pour en tirer d'autres cartouches.

Il était en train de les loger dans la culasse quand Edith Nelson se réveilla pour l'action. Il était évident qu'il avait l'intention de les tuer, Hans et elle. Pendant l'espace de trois secondes peut-être, elle avait été aveuglée et paralysée par la forme horrible et inconcevable qu'avait prise l'imprévu. Alors elle se mit à la hauteur de la situation et se prépara à la lutte. Elle lutta en réalité. Elle bondit comme une furie sur le meurtrier et saisit son foulard des deux mains. Le choc le fit reculer, en titubant, de plusieurs pas. Il tenta de se débarrasser d'elle et de garder le fusil en main : cela n'était pas facile car le corps musclé de la femme était devenu comme celui d'un chat. Elle se jeta d'un côté et, le tenant toujours à la gorge, elle le fit presque tomber sur le plancher. Il se redressa et tourna rapidement sur lui-même. Elle ne lâcha pas prise, son corps suivit le cercle de ce tourbillon au point que ses pieds quittèrent le plancher ; elle pivota plusieurs fois en l'air, ses mains serraient toujours la gorge de Dennin. Une chaise arrêta le tourbillon ; l'homme et la femme s'écroulèrent, luttant toujours, et la chute les emporta au milieu de la chambre.

Hans Nelson fut d'une demi-seconde en retard sur sa femme pour se mettre à hauteur de l'imprévu : le travail de ses nerfs et de son esprit était plus lent. Son organisme n'était pas si délicat ; il lui avait fallu une demi-seconde de plus pour percevoir, déterminer et agir. Elle avait déjà sauté sur Dennin et l'avait saisi à la gorge lorsque Hans se mit debout. Mais il n'avait pas le calme qu'elle avait su conserver : il était dans une rage aveugle, une colère féroce. Au moment où il se leva de sa chaise, il ouvrit la bouche et émit un son, moitié rugissement, moitié beuglement. Le tourbillon des deux corps avait déjà

Oliveira Maria

commencé que, rugissant et beuglant, il les poursuivit à travers la chambre et les rejoignit lorsqu'ils tombèrent sur le plancher. Hans se jeta sur l'homme à terre, et le bourra de coups de poing. C'étaient des coups de marteau de forgeron, et quand Edith sentit que la résistance de Dennin mollissait, elle lâcha prise et se dégagea. Elle resta sur le plancher, haletante, et regarda. Les coups furieux continuaient à pleuvoir, Dennin ne semblait pas y faire attention, il ne bougeait même pas. Alors il lui vint à l'idée que l'homme avait perdu connaissance ; elle cria à Hans d'arrêter, elle cria encore, mais il ne tint aucun compte de ses appels. Elle le saisit par le bras mais c'est à peine si l'effort de son mari en fut ralenti.

Elle n'avait pas raisonné l'impulsion qui la poussait à faire cela ; ce n'était pas le sentiment de la pitié ni le « Tu ne le feras point » de la religion. C'était plutôt un sentiment de la loi, de la morale de sa race et de ce qui l'avait environnée dans sa jeunesse qui la poussait à s'interposer entre son mari et l'assassin sans défense. Et Hans ne s'arrêta que lorsqu'il comprit qu'il frappait sa femme. Elle le repoussa ; il ne lui opposa aucune résistance, tel un chien féroce mais obéissant se soumet à son maître. L'analogie allait même plus loin : au fond de sa gorge, comme chez un animal, la rage de Hans grondait, et plusieurs fois, il fit comme s'il allait se rejeter sur sa proie. La femme seule l'en empêcha en s'interposant rapidement.

Edith fit encore reculer son mari. Jamais elle ne l'avait vu dans un pareil état et elle avait plus peur de lui qu'elle n'avait été effrayée de Dennin au plus fort de la lutte. Elle ne pouvait pas croire que cette bête enragée était son Hans et elle fut tout à coup saisie par la crainte instinctive qu'il ne lui brisât la main entre ses dents comme un animal sauvage. Pendant plusieurs secondes, Hans alla de droite à gauche, sans chercher à lui faire de mal, mais entêté dans son désir de renouveler l'attaque. Mais elle ne le quitta pas avant que les premières lueurs de raison fussent revenues et qu'il se fût rendu.

Tous deux se relevèrent. Hans tituba contre le mur auquel il s'appuya, les traits grimaçants. Dans sa gorge le grondement dura encore quelques secondes, puis s'éteignit.

Le moment de la réaction était venu. Edith debout au milieu de la chambre se tordait les mains, hors d'haleine, le cœur battant, le corps tout entier secoué de tremblements.

Hans ne regardait rien ; dans son affolement, Edith revoyait chaque détail de la scène qui venait d'avoir lieu. Dennin, étendu par terre, ne bougeait pas. La chaise, renversée dans le tourbillon insensé, gisait près de lui. Il était couché sous le fusil dont la culasse était encore ouverte. Les deux cartouches étaient tombées de ses mains, il n'avait pu les glisser dans le fusil et les avait tenues jusqu'au moment où il avait perdu connaissance.

Harkey était étalé la figure sur le plancher, tel qu'il était tombé, tandis que Dutchy gardait la même position : penché sur la table, son toupet jaune dans sa bouillie, et l'assiette toujours inclinée selon un angle de 45° la fascinait ; pourquoi ne tombait-elle pas ? C'était ridicule, ce n'était pas dans la nature des choses qu'une assiette de bouillie se tînt ainsi debout sur une table, même si un homme ou deux avaient été tués.

Elle se tourna du côté de Dennin, puis ses yeux revinrent sur l'assiette en équilibre. C'était trop ridicule ! Proche de la crise de nerfs, elle sentit un besoin de rire. Alors elle remarqua le silence et oublia l'assiette tant elle désirait que quelque chose arrivât. L'égouttement continu du café sur le plancher ne faisait qu'exagérer le silence. Pourquoi Hans ne faisait-il rien ? ne disait-il rien ? Elle le regarda et allait lui parler lorsqu'elle s'aperçut que sa langue était comme paralysée. Elle sentait dans sa gorge une douleur étrange, sa bouche était sèche et rugueuse. Tout ce qu'elle pouvait faire était de regarder Hans qui à son tour la regardait.

Tout à coup le silence fut déchiré par un bruit aigu, métallique. Elle poussa un cri, en regardant du côté de la table : l'assiette était tombée. Hans soupira comme s'il sortait du sommeil. Le bruit de l'assiette les avait rappelés à la vie, dans un monde différent. La cabine contenait ce monde nouveau où il leur fallait vivre et se mouvoir : l'ancienne cabine avait disparu pour toujours. L'horizon de la vie était tout à fait renouvelé et étranger. L'imprévu en jetant son sortilège sur la réalité, changeait la perspective, jouait et jonglait avec la valeur des choses, mêlait la vérité et l'impossible en une confusion embarrassante.

— Mon Dieu, Hans ! furent les premiers mots d'Edith.

Il ne répondit pas mais l'observa avec horreur. Doucement ses yeux errèrent par la chambre, pour la première fois, et remarquèrent les détails. Puis il mit sa casquette et se dirigea vers la porte. « Où vas-tu ? » demanda Edith dans l'angoisse de l'appréhension.

Sa main était sur la poignée de la porte, il se retourna et dit :

— Creuser des fosses.

— Ne me laisse pas, Hans, avec (ses yeux firent le tour de la chambre) avec tout cela.

— Il faut bien que les fosses soient creusées.

— Mais tu ne sais pas combien ! objecta-t-elle désespérée. (Elle remarqua son indécision et ajouta :) D'ailleurs je vais avec toi pour t'aider.

Hans recula vers la table et machinalement moucha la chandelle. Puis, ensemble, ils firent le triste bilan de cette tuerie : Harkey et Dutchy étaient morts tous les deux, affreusement mutilés, à cause du coup tiré à bout portant. Hans refusa d'approcher de Dennin, et Edith fut forcée de faire l'examen elle-même.

— Il n'est pas mort, dit-elle à Hans.

Elle approcha et penchée sur lui, regarda le meurtrier :

— Qu'est-ce que tu viens de dire ? demanda Edith qui avait entendu grogner son mari.

— J'ai dit que c'était une honte qu'il ne soit pas mort, répondit-il.

Edith était penchée au-dessus du corps.

— Laisse-le tranquille, commanda Hans d'une voix brutale.

Elle le regarda, alarmée tout à coup. Il avait ramassé le fusil que Dennin avait laissé tomber et le chargeait.

— Que vas-tu faire ? cria-t-elle, se levant rapidement.

Hans ne répondit pas, mais elle le vit épauler son arme. Elle saisit le canon de la main et le tint ainsi en l'air.

— Laisse-moi, cria-t-il d'une voix rauque.

Il essaya de lui arracher le fusil, mais elle se rapprocha et s'accrocha à lui.

— Hans ! Hans ! réveille-toi ! Ne commets pas de folie !

— Il a tué Dutchy et Harkey, répondit son mari, et je vais le tuer.

— Mais c'est mal, cria-t-elle. Il y a la loi.

Il ricana pour montrer son peu de foi en la puissance de la loi dans un tel pays ; puis il répéta simplement, sans passion, mais avec obstination :

— Il a tué Dutchy et Harkey.

Pendant longtemps elle discuta avec lui ; mais l'argumentation ne s'exerçait que d'un côté ; il se contentait de répéter sans cesse : « Il a tué Dutchy et Harkey. »

Elle ne pouvait pas se soustraire à l'éducation qu'elle avait reçue enfant, ni au sang qui coulait dans ses veines. L'héritage de la loi lui appartenait et une conduite irréprochable était pour elle l'accomplissement de la loi. Elle ne voyait pas d'autre route à suivre. En se substituant à la loi, Hans ne pouvait pas se justifier plus que Dennin. Deux fautes ne faisaient pas un acte juste, disait-elle, et il n'y avait qu'une manière de punir Dennin, c'était par la loi de la société. Enfin Hans céda.

— Bon, comme tu voudras, fit-il. Seulement, demain ou après-demain, il nous descendra tous les deux.

Elle secoua la tête et tendit la main pour avoir le fusil. Il allait le lui passer quand il hésita.

— Mieux vaut me laisser le tuer, implora-t-il.

De nouveau elle secoua la tête et une fois encore il allait lui passer le fusil quand la porte s'ouvrit et un Indien entra sans frapper. Une bourrasque de vent et de neige entra avec lui. Ils se retournèrent et lui firent face ; Hans tenait encore le fusil. Sans sourciller, l'intrus embrassa toute la scène, les morts et le blessé, et ne montra aucune surprise, pas même de curiosité. Harkey était couché à ses pieds mais il ne le remarqua pas. Pour ce qui le concernait, le corps de Harkey n'existait pas.

— Beaucoup de vent, remarqua l'Indien en manière de salutation. Tout va bien ? Très bien ?

Hans, le fusil toujours à la main, ne douta pas que l'Indien ne lui attribuât la responsabilité de cette tuerie. Il adressa à sa femme un regard implorant.

— Bonjour, Negook, dit-elle d'une voix qui trahissait un effort. Non, pas très bien, beaucoup de chagrin.

— Adieu, je m'en vais, très pressé, dit l'Indien. (Puis sans avoir l'air d'être particulièrement bousculé, il enjamba posément la mare rouge qui était sur le plancher, ouvrit la porte et sortit.)

L'homme et la femme se regardèrent.

— Il croit que c'est nous qui avons fait ça,

haleta Hans, que c'est moi.

Edith resta silencieuse un moment. Puis elle dit brièvement, en femme qui ne perd pas la tête :

— Qu'est-ce que ça fait, ce qu'il pense ? Ça viendra après. Pour l'instant, nous avons deux fosses à creuser et avant tout il nous faut lier Dennin pour l'empêcher de se sauver.

Hans refusa de toucher Dennin, mais Edith le ficela solidement, mains et pieds. Puis tous deux sortirent dans la neige. Le sol gelé résistait aux coups de pioche. Ils commencèrent par ramasser du bois, ils déblayèrent la neige et sur la surface durcie allumèrent un feu. Au bout d'une heure, plusieurs millimètres de terre s'étaient dégelés : ils creusèrent à la pelle et bâtirent un autre feu. Leur trou en terre se faisait à raison d'une dizaine de centimètres par heure.

C'était un travail dur et éreintant. La neige chassée empêchait le feu de bien brûler, le vent les cinglait à travers leurs vêtements et glaçait leur corps. Ils parlèrent peu, car le vent couvrait leurs voix. Ils se demandaient quel pouvait avoir été le motif de Dennin ; en dehors de cela ils restaient silencieux, oppressés par l'horreur de la tragédie.

A une heure, Hans regarda du côté de la cabine, et annonça qu'il avait faim.

— Non, pas maintenant, Hans, répondit Edith, je ne pourrais pas retourner seule dans cette cabine dans l'état où elle est, et préparer un repas.

A deux heures, Hans offrit de l'accompagner ; mais elle l'obligea à poursuivre son travail et à quatre heures les deux fosses étaient creusées. Elles n'étaient pas profondes, pas plus de cinquante centimètres, mais elles étaient suffisantes. La nuit était venue : Hans prit le traîneau et les deux morts furent halés au milieu de la tempête et de la nuit vers leurs tombes gelées. La procession funèbre n'avait rien d'imposant : le traîneau, qui s'enfonçait dans la neige entassée, était lourd à tirer. L'homme et la femme n'avaient rien mangé depuis la veille ; ils mouraient de faim et de fatigue. Comme ils n'avaient pas la force de résister au vent, de temps à autre la rafale les renversait. Plusieurs fois le traîneau chavira et il leur fallut recharger les lugubres fardeaux. Les derniers mètres suivaient une pente raide ; il leur fallut la monter à quatre pattes, comme des chiens de traîneau, en enfonçant les mains dans la neige.

Malgré cela, ils furent à deux reprises entraînés en arrière par le poids du traîneau ; ils glissèrent et tombèrent au bas de la pente, tous, morts et vivants pêle-mêle, empêtrés dans les bricoles du traîneau.

— Demain, je planterai des croix avec leurs noms, dit Hans, lorsque les fosses furent comblées.

Edith pleurait. Quelques bribes de phrases étaient tout ce qu'elle avait pu prononcer comme service funèbre ; à présent son mari était obligé de la porter presque vers la cabine.

Dennin avait repris connaissance. Il s'était roulé à droite et à gauche sur le plancher en faisant de vains efforts pour se libérer. Il observa Hans et Edith avec des yeux brillants, mais n'essaya pas de parler. Hans refusait encore de toucher l'assassin et, d'un œil sombre, il regarda Edith le traîner sur le plancher vers la chambre des hommes. Mais malgré tous ses efforts, elle ne parvint pas à le soulever pour l'installer dans son cadre.

— Mieux vaut me laisser le tuer, comme ça nous n'aurons plus rien à craindre, proposa Hans une fois encore.

Edith secoua la tête et se baissa de nouveau

sur sa tâche. Elle fut surprise de sentir avec quelle facilité, elle arrivait à soulever Dennin, et comprit que Hans avait finalement consenti à l'aider.

Puis il fallut nettoyer la cuisine ; mais le plancher criait encore la tragédie. Bientôt Hans rabota la surface du bois taché et, avec les copeaux, fit un feu dans le poêle.

Les jours vinrent et s'en allèrent. L'obscurité régnait et le silence n'était interrompu que par les orages et le tonnerre grondant sur la plage où le ressac gelait. Hans obéissait au moindre ordre d'Edith : toute sa splendide initiative s'était évanouie. Elle avait choisi d'agir à l'égard de Dennin d'une certaine façon ; il laissa tout entre ses mains.

Le meurtrier représentait une menace constante. Il y avait toujours le risque qu'il s'échappât de ses liens, et il leur fallait le veiller nuit et jour. L'homme ou la femme s'installait près de lui, le fusil chargé en main. D'abord Edith tenta d'établir des gardes de huit heures, mais l'effort était trop grand ; ensuite, Hans et elle se succédèrent toutes les quatre heures. Comme il leur fallait dormir et que les gardes duraient toute la nuit, leurs veilles étaient entièrement employées à garder Dennin. Il leur restait à peine le temps de préparer les repas et de couper le bois.

Depuis la visite faite mal à propos par Negook, les Indiens évitaient la cabine. Edith envoya Hans à leur camp pour les prier d'emmener Dennin dans un cañon, le long de la côte, au village blanc le plus proche ou au comptoir commercial ; mais ce fut en vain. Puis Edith se déplaça elle-même et eut une entrevue avec Negook. Il était chef du petit village ; il voyait nettement sa responsabilité et expliqua clairement et en détail sa règle de conduite :

— C'est une affaire d'homme blanc, dit-il, non une affaire Siwash. Mes gens vous aident, alors ça devient affaire Siwash. Lorsque l'affaire des Blancs se mêle à celle des Siwashs, ça devient alors une très grande affaire, qu'on ne peut comprendre et qui n'a pas de fin. Une affaire ne vaut rien. Mes gens ne font pas de mal. Pourquoi vous aideraient-ils et se mettraient-ils dans l'embarras ?

Alors Edith Nelson revint à la cabine tragique et à ses éternelles veilles de quatre heures qu'elle assurait alternativement avec son mari. Parfois, lorsque c'était son tour de garde et qu'elle était assise près du prisonnier, le fusil chargé sur les genoux, ses yeux se fermaient et elle s'endormait. C'était toujours en sursaut qu'elle se réveillait ; elle saisissait le fusil et le regardait. Cela occasionnait bien des chocs éprouvants pour les nerfs et leur effet ne lui valait rien. Elle avait une telle peur de l'homme que, même si elle était éveillée, elle ne pouvait s'empêcher de sursauter ni de saisir le fusil s'il remuait seulement sous ses couvertures.

Elle était au bord de la crise de nerfs et elle le savait. D'abord, c'étaient ses yeux qui battaient, et elle était obligée de les fermer pour les soulager ; un peu plus tard les paupières étaient atteintes d'un clignement qu'elle ne pouvait pas contrôler. Ce qui rendait la tension plus dure à supporter, c'est qu'elle ne pouvait pas oublier la tragédie. Elle restait aussi près de l'horreur que lors du premier matin où l'Imprévu entra dans la cabine et en prit possession. Dans ses rapports quotidiens avec le prisonnier, elle était forcée de grincer des dents et de rester raidie de corps comme d'esprit.

Hans était affecté d'une façon différente. Il devint obsédé par l'idée qu'il était de son devoir de tuer Dennin et, chaque fois qu'il veillait l'homme lié sur son lit ou qu'il était près de lui,

Edith craignait que Hans ne commette un nouveau meurtre.

Il maudissait toujours Dennin avec férocité et le traitait rudement. Il s'efforçait de cacher sa manie homicide et disait à sa femme :

— Bientôt tu me demanderas de le tuer, alors je refuserai. Ça me rendrait malade.

Mais plus d'une fois elle se glissa dans la chambre, alors qu'elle n'était pas de garde, et surprit les deux hommes qui échangeaient un regard haineux, telles des bêtes sauvages. Sur la figure de Hans on voyait le désir de tuer, chez Dennin c'était la férocité et la colère du rat qui est attrapé. Alors elle criait :

— Hans, réveille-toi, et il se ressaisissait, surpris, honteux, mais sans manifester le moindre repentir.

C'est alors que Hans devint un nouveau facteur dans le problème que l'imprévu avait posé à Edith Nelson. Tout d'abord, en ce qui concernait Dennin, il s'agissait simplement selon elle de le garder prisonnier en attendant qu'on pût le livrer à un tribunal qualifié pour le juger. Mais à ce moment, Hans entrait en jeu, et elle voyait qu'il y allait de sa raison et de son salut. Elle ne fut pas longtemps sans découvrir que sa propre force et que son endurance devenaient une donnée du problème. Ce climat de tension commençait à la miner, son bras gauche était parcouru de tremblements et de tiraillements incontrôlables. Elle laissait choir la nourriture de sa cuiller et ne pouvait se fier à son bras endolori. Elle supposait que c'était une forme de danse de Saint-Guy et se demandait avec crainte jusqu'où cela pourrait aller. Qu'arriverait-il si elle cédait, si elle était vaincue ? Et la vision qu'elle avait d'un avenir possible — lorsque la cabine ne contiendrait plus que Dennin et Hans — était un cauchemar de plus.

Au bout du troisième jour, Dennin avait commencé à parler. Sa première question avait été :

— Qu'est-ce que vous allez faire de moi ?

Et cette question il la répétait chaque jour et plusieurs fois par jour. Edith répondait toujours que, assurément, il serait puni selon la loi. A son tour elle lui demandait chaque jour :

— Pourquoi avez-vous fait cela ?

Ce à quoi, il ne répondait jamais. De plus, la question le jetait dans des crises de colère, il fulminait et tirait sur les courroies de cuir qui le maintenaient. Il la menaçait de représailles qu'il accomplirait une fois libre, chose qui arriverait sûrement tôt ou tard. A de pareils moments, elle armait les deux chiens du fusil, prête à le tuer d'une décharge de plomb s'il parvenait à se délier et, tremblante, palpitante de tension et d'émotion, elle l'obligeait à tourner la tête.

Mais après un temps, Dennin devint plus maniable. Elle crut comprendre qu'il se fatiguait de rester couché immobile. Il commença à demander puis à supplier d'être délié. Il fit des promesses folles : il ne leur ferait pas de mal. Il irait à la côte et se rendrait aux représentants de la loi. Il leur donnerait sa part d'or, il s'en irait au cœur du désert et ne retournerait jamais dans la civilisation. Il se tuerait même si seulement on le laissait libre. Ses demandes finissaient d'ordinaire par des déchaînements de fureur, au point même qu'elle le croyait atteint de crise de folie. Mais elle secouait la tête et lui refusait la liberté pour laquelle il se mettait dans de tels accès de rage.

Les semaines passèrent. Il continuait à se montrer plus traitable ; la fatigue semblait l'avoir vaincu.

— Je suis si fatigué, si fatigué, murmurait-il, roulant sa tête de droite à gauche sur l'oreiller comme un enfant chagrin.

Un peu plus tard, il commença à demander sans passion la mort ; il implorait qu'on le tuât, demandait que Hans mît fin à sa misère pour qu'il pût enfin se reposer tranquillement.

La situation devenait intolérable. Edith, de plus en plus nerveuse, savait que la crise pourrait arriver à tout moment. Elle ne parvenait même pas à avoir sa part de repos, car elle était hantée par la peur que Hans, succombant à son idée fixe, ne tue Dennin pendant son sommeil. Janvier était déjà arrivé, pourtant il se passerait des mois avant qu'un schooner ne fasse escale dans la baie. De plus, comme ils n'avaient pas fait leurs plans pour hiverner dans la cabine, les vivres commençaient à diminuer ; Hans ne pouvait aller chasser pour pallier le manque de ravitaillement, puisqu'ils étaient tous deux enchaînés à la cabine par la nécessité de garder leur prisonnier.

Il fallait agir, elle le savait. Elle s'efforça de considérer à nouveau le problème ; elle ne pouvait pas se débarrasser des principes que sa race lui avait légués, de l'esprit de justice qui était dans son sang et qu'on lui avait inculqué. Elle savait que, quoi qu'elle fît, elle devait le faire suivant la loi, et pendant les longues heures de garde, le fusil sur les genoux, alors que le meurtrier s'agitait et que la tempête grondait au-dehors, elle se livra à des recherches originales sur la sociologie et trouva d'elle-même l'évolution de la justice. Il lui vint à l'esprit que la loi n'était que le jugement et la volonté d'un groupe ; le nombre de ce groupe n'importait pas. Il y avait de petits groupes, se disait-elle dans son raisonnement, comme la Suisse, il en existait de grands comme les Etats-Unis. De plus, le groupe pouvait être aussi petit qu'il voulait : si un pays ne comptait que dix mille personnes, leur jugement collectif serait cependant la loi de ce pays. Alors, est-ce que mille personnes ne pouvaient pas constituer un groupe ? se demanda-t-elle. Et pourquoi pas cent ? Pourquoi pas cinquante ? Pourquoi pas cinq ? Pourquoi pas... deux ?

Sa conclusion lui fit peur et elle la discuta avec Hans. D'abord, il ne comprit pas, puis lorsqu'il saisit, il ajouta un argument qui la convainquit. Il parla de meetings de mineurs où tous les hommes d'une localité se rassemblent, font la loi et l'exécutent.

— Il se peut qu'il n'y ait que dix ou quinze hommes réunis, dit-il, mais la volonté de la majorité devient loi pour les dix ou quinze, et celui qui viole cette loi est puni.

Edith enfin vit sa route tracée : Hans était de son avis. A eux deux, ils formeraient la majorité de ce groupe particulier. La volonté du groupe était que Dennin soit pendu. Dans l'exécution de cette volonté, Edith s'efforça d'observer les formes usitées ; mais le groupe était si restreint que Hans et elle devaient servir de témoins, de jurés, de juges... et aussi de bourreaux.

En due forme, elle accusa Michael Dennin du meurtre de Dutchy et de Harkey, et le prisonnier couché dans son cadre écouta le témoignage de Hans d'abord, puis celui d'Edith. Il refusa de plaider coupable ou non coupable et demeura silencieux quand elle lui demanda s'il avait quelque chose à dire pour sa défense.

Elle et Hans, sans quitter leurs sièges, prononcèrent le verdict de culpabilité. Alors, en qualité de juge elle imposa la sentence : sa voix trembla, ses paupières clignèrent, son bras gauche fut parcouru d'un tremblement mais elle alla jusqu'au bout.

— Michael Dennin, dans trois jours, vous serez pendu par la cour jusqu'à ce que mort s'ensuive.

Telle fut la sentence. L'homme lâcha involontairement un soupir de soulagement puis rit en les défiant et dit :

— Bon, dans ce cas, ce sacré cadre ne me fera plus mal au dos, et ça c'est une consolation.

La sentence prononcée, ils parurent tous trois avoir un poids en moins, surtout Dennin. Toute méchanceté et toute défiance avaient disparu chez lui et, sociable, il parlait à ses geôliers, il montrait même des étincelles de son esprit d'antan. Il trouva une satisfaction de plus en plus grande dans la lecture de la Bible qu'Edith lui faisait. Elle lui lut le *Nouveau Testament* et il s'intéressa fort à l'Enfant Prodigue et au Voleur sur la croix.

La veille du jour de l'exécution, Edith lui posa la question usitée :

— Pourquoi avez-vous fait cela ?

— C'est bien simple, je pensais...

Mais elle le fit taire aussitôt, lui demanda d'attendre et s'empressa d'aller au lit de Hans. Ce n'était pas son tour de garde, il sortit de son sommeil, se frottant les yeux et grommelant.

— Allez, lui dit-elle, amène Negook et l'autre Indien. Michael va se confesser, force-les à venir.

Prends le fusil et ramène-les au bout du canon si c'est nécessaire.

Une demi-heure plus tard, Negook et son oncle Hadikwan furent introduits dans la chambre du condamné. Ils vinrent à contrecœur, conduits par Hans armé de son rifle.

— Negook, dit Edith, il n'y aura pas d'ennui pour vous ni pour les vôtres. Tout ce que je vous demande, c'est d'écouter et de comprendre.

C'est ainsi que Michael Dennin, condamné à mort, confessa son crime publiquement. Pendant qu'il parlait, Edith écrivait ; les Indiens écoutaient et Hans gardait la porte, afin que les témoins ne pussent s'échapper.

Il n'était pas retourné au pays depuis quinze ans, expliqua Dennin, et son intention avait toujours été de revenir avec beaucoup d'argent et de mettre sa mère à l'aise pour le reste de ses jours.

— Et comment pouvais-je le faire avec seize cents dollars ? demanda-t-il. Ce que je cherchais à avoir, c'était tout l'or, les huit mille dollars. Alors j'aurais pu retourner en conquérant. Quoi de plus facile, je me suis dit, que de vous tuer tous, de l'annoncer à Skaguay comme s'il s'était agi d'une tuerie commise par les Indiens et de filer en Irlande ? C'est comme ça que j'ai commencé par tuer Harkey et Dutchy ; mais, comme Harkey aimait à le dire, je me suis coupé un trop gros morceau et je suis tombé en voulant l'avaler. Voilà ma confession. J'ai fait mon devoir envers le diable et maintenant, si Dieu le veut, je ferai mon devoir envers lui.

— Negook et Hadikwan, vous avez entendu les paroles de l'homme blanc, dit Edith aux Indiens. Ces paroles sont ici sur ce papier et c'est à vous de faire un signe sur ce papier, ainsi les Blancs qui viendront plus tard sauront que vous avez entendu.

Les deux Siwashs mirent des croix en face de leurs noms, reçurent une citation de comparaître le lendemain avec toute leur tribu afin d'être témoins de ce qui se passerait ; après quoi ils furent congédiés.

Les mains de Dennin furent déliées, le temps de signer le document. Alors un silence régna dans la chambre : Hans était agité et Edith se sentait mal à l'aise. Dennin, sur le dos, regardait fixement le toit dont les jointures étaient calfeutrées de mousse.

— Et maintenant je ferai mon devoir envers

Dieu, murmura-t-il. (Il tourna la tête du côté d'Edith :) Lisez-moi dans le livre. (Puis avec une nuance de plaisanterie :) Peut-être que ça m'aidera à oublier le cadre.

Le jour de l'exécution se leva clair et froid. Le thermomètre était à 25° Fahrenheit, au-dessous de zéro, et un vent glacé soufflant la gelée traversait les vêtements, la chair, et pénétrait les os. Pour la première fois depuis maintes semaines, Dennin se mit debout. Ses muscles étaient restés si longtemps inactifs et il était si peu entraîné à garder la position droite qu'il pouvait à peine se tenir sur ses pieds. Il chancela de droite et de gauche, vacilla et saisit Edith de ses mains liées afin de ne pas perdre l'équilibre.

— J'ai le vertige, on dirait, fit-il en riant faiblement. (Un moment après :) Et je suis content que ça finisse ; ce cadre de malheur m'aurait tué, je le sais.

Lorsque Edith lui mit sa casquette de fourrure sur la tête et tira les revers sur ses oreilles, il rit et dit :

— Pourquoi faites-vous ça ?

— Il fait froid à geler, répondit-elle.

— Et dans dix minutes, que j'aie une oreille

ou deux de gelées, pour moi, qu'est-ce que ça y changera, hein ? demanda-t-il.

Elle s'était raidie pour l'épreuve suprême et la remarque de Dennin fut comme un coup porté à son sang-froid. Jusqu'ici tout avait paru un jeu de fantômes, comme dans un rêve ; mais la vérité brutale qu'il venait d'énoncer la choqua et lui ouvrit les yeux sur ce qui allait se passer. L'Irlandais ne manqua pas de remarquer sa détresse.

— Je regrette de vous ennuyer avec mes bêtises, dit-il avec regret. Je plaisantais. C'est un grand jour pour Michael Dennin et il est gai comme un pinson.

Il commença à siffler gaiement, puis le sifflement sonna lugubre et s'arrêta.

— Je voudrais bien qu'il y ait un prêtre, reprit-il pensif. (Puis il ajouta aussitôt :) Mais Michael Dennin est trop vieux troupier pour regretter le luxe quand il part en campagne.

Il était si faible après ces longues semaines d'immobilité que, lorsque la porte s'ouvrit et qu'il sortit, le vent le renversa presque. Edith et Hans marchaient de chaque côté et le supportaient ; pendant ce temps, il disait des plaisanteries pour tenter de les maintenir en gaieté. Il cessa un moment, le temps de régler l'envoi de sa part d'or à sa mère, en Irlande.

Ils grimpèrent un monticule et arrivèrent à une petite clairière parmi les arbres. Là, formant cercle autour d'un tonneau placé debout dans la neige, se tenaient, solennels, Negook et Hadikwan, et tous les Siwahs jusqu'aux bébés et aux chiens, venus pour voir la loi de l'homme blanc. Non loin, il y avait une fosse ouverte que Hans avait creusée dans la terre dégelée au feu.

Dennin jeta un coup d'œil connaisseur sur les préparatifs, remarqua la fosse, le tonneau, l'épaisseur de la corde et le diamètre de la branche à laquelle la corde était fixée.

— Sûr, je n'aurais pu faire mieux que ça, si cela avait été pour toi, Hans.

Il rit tout haut de sa propre saillie ; mais le visage de Hans était figé sous l'effet d'une terreur telle que rien ne l'aurait fait mouvoir si ce n'est la trompette du jugement dernier. De plus, Hans se sentait très malade. Il n'avait pas compris l'énorme tâche que représentait l'acte de mettre une créature humaine hors du monde. Edith, elle, s'en était rendu compte ; mais cette prise de conscience ne rendait pas la chose plus facile. Elle doutait fort qu'elle pût se dominer assez longtemps pour aller jusqu'au bout. Elle avait envie de crier, d'appeler, de tomber dans la neige, de mettre sa main devant ses yeux, de tourner le dos et de s'enfuir à l'aventure dans la forêt, n'importe où, loin de là. Ce ne fut que par un effort suprême de son âme qu'elle put se tenir droite, marcher et accomplir ce qu'elle avait à faire. Et, malgré tout, elle était reconnaissante à Dennin pour l'aide qu'il apportait.

— Donne-moi la main, dit-il à Hans qui l'aida à monter sur le tonneau.

Il se baissa de manière qu'Edith pût ajuster la corde autour de son cou. Puis il se tint droit pendant que Hans maintenait la corde tendue par-dessus la branche.

— Michael Dennin, avez-vous quelque chose à dire ? demanda Edith d'une voix claire qui trembla malgré elle.

Dennin remua les pieds sur le tonneau, baissa les yeux modestement comme un homme qui prononce son premier discours et se dégagea la gorge :

— Je suis heureux que ce soit fini, dit-il. Vous m'avez traité comme un chrétien et je vous remercie de tout cœur pour votre bonté.

— Alors que Dieu vous reçoive pécheur repentant.

— Oui, fit-il d'une voix profonde en réponse à la voix fluette d'Edith. Que Dieu me reçoive pécheur repentant !

— Adieu, Michaël, cria-t-elle, et sa voix semblait désespérée.

Elle se jeta de tout son poids contre le tonneau, mais sans parvenir à le renverser.

— Hans, vite, aide-moi ! cria-t-elle faiblement. Elle sentait que le dernier reste de sa force s'en allait, et le tonneau résistait. Hans accourut près d'elle et le tonneau se renversa, sous les pieds de Michael Dennin.

Elle tourna le dos, en se bouchant les oreilles. Puis elle commença à rire, d'un rire aigre, tendu, métallique ; et Hans en fut effrayé comme il ne l'avait jamais été pendant toute la tragédie. Edith Nelson avait succombé ; même pendant cette crise de nerfs, elle était consciente, contente d'avoir pu tenir jusqu'au bout. Elle chancela du côté de Hans.

— Mène-moi à la cabine, Hans, arriva-t-elle à articuler. Et laisse-moi me reposer, ajouta-t-elle simplement, me reposer, et me reposer encore.

Elle s'en alla dans la neige, entourée par le bras de Hans qui la supportait et guidait ses pas. Mais les Indiens restèrent sur place, à regarder d'un œil grave, l'effet de la loi du Blanc qui force un homme à danser en l'air.

VI

LOUP BRUN

Elle avait pris le temps de mettre ses snow-boots, à cause de l'herbe chargée de rosée, et lorsqu'elle sortit de la maison, elle trouva son mari figé d'admiration devant un bourgeon d'amandier qui s'ouvrait. Elle promena un regard inquiet au-dessus de l'herbe haute et parmi les arbres du verger.

— Où est Wolf ? [1] demanda-t-elle.

— Il était ici il y a un moment. (Walt Irvine s'arracha de la métaphysique et de la poésie qu'évoque un bourgeon et regarda le paysage.) La dernière fois que je l'ai vu, il poursuivait un lapin.

— Wolf ! Wolf ! Ici ! appela-t-elle tandis qu'ils quittaient la clairière.

Ils prirent le sentier qui mène à la route au travers de la jungle où poussent les manzanitas à clochettes de cire.

1. Loup.

Irvine mit entre ses lèvres le petit doigt de chacune de ses mains et émit un sifflement aigu.

Elle se boucha les oreilles en hâte et fit une grimace.

— Pour un poète délicat, tu en fais du bruit. J'en ai les tympans crevés ; tu siffles mieux que...

— Orphée.

— J'allais dire un gamin des rues, conclut-elle sévèrement.

— La poésie n'empêche pas d'être pratique, du moins personnellement la mienne n'est pas d'un génie futile qui n'arrive pas à vendre son trésor aux magazines. (Et il poursuivit en se donnant des airs importants :) Je ne suis pas un chanteur de soupente, ni un poète de salon. Pourquoi ? Parce que je suis pratique. Mon chant n'est pas si misérable qu'il ne puisse se changer, selon sa propre valeur, en un cottage couvert de fleurs, en un joli pré au pied de la montagne, en un bouquet de bois rouges, un verger de trente-sept arbres, une longue allée de mûriers et deux petites rangées de fraises, sans compter trois cent cinquante mètres d'un ruisseau chantant. Je suis un marchand de beauté, un vendeur de chansons, et je poursuis l'utile, ma chère Magde. Je chante une chanson, et grâce aux rédacteurs de magazines, je transmute mon chant en un souffle de vent d'ouest qui soupire parmi nos bois rouges ; en un murmure d'eaux sur les pierres moussues. Tout ça me chante en retour une autre chanson qui est cependant la même, admirablement... transmutée.

— Oh ! si seulement toutes tes transmutations de chansons étaient aussi heureuses ! dit-elle en riant.

— Nomme-m'en une qui ne l'ait pas été ?

— Ces deux magnifiques sonnets que tu as transmutés en une vache qui est la plus mauvaise laitière du village.

— Elle était belle, commença-t-il.

— Mais ne donnait pas de lait, interrompit Madge.

— Mais elle était belle, voyons ! insista-t-il.

— Et voilà un cas où la beauté et l'utilité ne vont pas ensemble, répondit-elle. Et voilà Wolf !

Sur la pente boisée de la colline, on entendit le craquement des broussailles, puis, à quinze mètres au-dessus d'eux, sur le bord d'un mur de roc, apparurent la tête et les épaules d'un loup. Ses pattes de devant, qu'il gardait tendues pour se maintenir en équilibre, firent tomber un caillou ; les oreilles dressées et les yeux attentifs, il suivit le caillou qui roula jusqu'à leurs pieds. Puis son regard se déplaça et la gueule ouverte, il rit en les regardant.

— O Wolf ! cher Wolf ! lui crièrent l'homme et la femme.

A ce son, les oreilles se couchèrent en arrière, et la tête parut s'allonger sous les caresses d'une main invisible.

Ils le regardèrent ramper à reculons dans le fourré puis continuèrent leur marche. Quelques minutes après, à un endroit où la pente était moins abrupte, il les rejoignit à un tournant du sentier, au milieu d'une petite avalanche de cailloux et de terre. Il n'était pas démonstratif. L'homme lui donna une tape et le frotta derrière les oreilles, la femme le caressa plus longtemps, après quoi il marcha devant eux sur le sentier, glissant sans effort sur le sol en vrai loup qu'il était.

Sa taille, son pelage et sa queue étaient d'un grand loup des bois, mais sa couleur et ses taches l'empêchaient de prétendre appartenir à la race des loups : là, le chien se montrait sans qu'on pût s'y tromper. Aucun loup n'avait ces couleurs. Il était brun, brun foncé, brun rouge, une orgie de bruns. Le dos et les épaules étaient d'un brun chaud qui pâlissait sur les flancs et sous le ventre jusqu'à un jaune terne parce qu'il y restait du brun. Le blanc de la gorge et des pattes, ainsi que les taches au-dessus des yeux étaient sales à cause du brun persistant et ineffaçable, tandis que les yeux eux-mêmes étaient deux topazes, d'or et de brun.

L'homme et la femme aimaient beaucoup ce chien, peut-être parce qu'il avait été si difficile de gagner son amitié. Cela n'avait pas été chose aisée. Un jour il était arrivé, mystérieusement, on ne savait d'où, à leur petit cottage de montagne. Il avait mal aux pattes et l'air affamé ; il avait tué un lapin sous leur fenêtre, et devant leurs yeux, puis il s'était enfui et avait dormi près de la source, au pied des buissons de mûres. Quand Walt Irvine alla voir l'intrus, il eut droit à des grognements pour sa peine, et Madge elle aussi fut mal reçue lorsqu'elle arriva, portant en signe de paix un grand plat de pain et de lait.

Il se montra un chien des moins sociables ; il

leur gardait rancune de toutes leurs avances, il refusait de se laisser toucher et les menaçait, les crocs à découvert et le poil hérissé. Néanmoins il resta, dormant et se reposant près de la source, mangeant la nourriture qu'ils lui avaient apportée et qu'ils avaient posée à une distance prudente. Il avait attendu qu'ils se fussent en allés. Son état misérable explique pourquoi il resta ; et après s'être fortifié, au bout de quelques jours, il disparut.

L'histoire se serait terminée là, en ce qui concerne Irvine et sa femme, si Irvine n'avait pas été appelé à cette même époque dans le nord de l'Etat. Dans le train, près de la limite qui sépare la Californie de l'Oregon, il regarda par hasard par la fenêtre et vit son hôte peu sociable sur la route, brun et avec son allure de loup, fatigué et pourtant infatigable, couvert de poussière et sali par une course de trois cents kilomètres.

Irvine était un homme d'impulsion, un poète. Il descendit du train à la station suivante, acheta chez un boucher un morceau de viande et attrapa le vagabond à l'entrée de la ville. Le voyage de retour fut accompli dans le fourgon des bagages, et ainsi Wolf arriva pour la seconde fois au cottage de la montagne. Là, on l'enchaîna pendant une semaine ; l'homme et la femme le comblèrent d'amitiés. Se tenant à distance, étranger comme un voyageur d'une autre planète, il grogna à leurs paroles douces. Jamais il n'aboyait. Tout le temps qu'ils l'eurent auprès d'eux, ils ne l'entendirent jamais aboyer.

L'apprivoiser était le problème : Irvine aimait les problèmes. Il fit faire une plaque de métal sur laquelle on grava : « Walt Irvine. Glen Ellen, comté de Sonoma. Californie. » Cette plaque fut rivée à un collier mis au cou du chien. Puis on le relâcha et promptement il disparut.

Un jour plus tard, un télégramme arriva du comté de Mendocino. En vingt heures il avait fait plus de cent cinquante kilomètres vers le nord et lorsqu'on l'attrapa il était en pleine marche.

Il fut ramené par l'Express Wells Fargo. Enchaîné pendant trois jours, lâché le quatrième, il repartit. Cette fois-ci, il gagna l'Oregon du sud avant d'être rattrapé et réexpédié. Toujours dès qu'on lui rendait la liberté, il s'enfuyait et toujours en direction du nord. Une obsession le poussait au nord. L'instinct du foyer, dit Irvine après avoir dépensé le prix que lui rapporterait un sonnet, à ramener l'animal du nord de l'Oregon.

Une autre fois, le vagabond brun réussit à traverser la moitié de la longueur de la Californie, tout l'Oregon et presque tout l'Etat de Washington avant d'être retrouvé et réexpédié « port dû ». Une chose remarquable était la vitesse avec laquelle il voyageait. Une fois nourri et reposé, dès qu'il était lâché, il mettait toute son énergie à couvrir du terrain. Le premier jour, on savait qu'il parcourait jusqu'à deux cent vingt kilomètres, après cela c'était une moyenne de cent cinquante kilomètres jusqu'à ce qu'on l'attrapât. Il revenait toujours efflanqué, affamé et sauvage, et repartait chaque fois frais et vigoureux ; il coupait son chemin vers le nord, obéissant à une force que personne ne pouvait comprendre.

Mais enfin, après une année dépensée inutilement en fuites, il accepta l'inévitable et choisit de rester au cottage, où il avait tué un lapin et où il dormait près de la source. Même après sa soumission, il se passa un long intervalle avant que l'homme et la femme parvinssent à le caresser. Ce fut une grande victoire, car à eux seuls il fut permis de mettre la main sur lui. Il était exclusif, à un degré exagéré, si bien qu'aucun hôte du cottage ne parvint à l'approcher. Un grognement sourd accueillait celui qui s'avançait et, si quelqu'un était assez hardi pour aller plus près, les lèvres se retroussaient, les crocs apparaissaient, le grognement devenait un grondement si terrible et si méchant, que les plus courageux en avaient peur. Cela effrayait aussi les chiens de fermiers qui savaient ce qu'était un grognement de chien, mais qui n'avaient jamais entendu celui d'un loup.

On ne connaissait pas ses antécédents. Son histoire commençait avec Walt et Madge. Il était venu du sud, mais il ne trouvèrent jamais la trace du maître qu'il avait sans doute fui. Mme Johnson, leur plus proche voisine qui leur fournissait le lait, disait que c'était un chien du Klondyke. Elle avait un frère qui creusait la terre gelée de ce pays-là pour y trouver de l'or, c'est pourquoi elle se donnait comme une autorité sur ce sujet.

Mais ils ne la contredirent pas. L'extrémité des oreilles de Wolf avait apparemment été autrefois gelée si fortement qu'elle ne pouvait pas se cicatriser. De plus, il ressemblait aux photographies de chiens de l'Alaska qu'ils avaient vu publiées dans les magazines et les journaux. Ils se livraient souvent à des suppositions sur son passé et essayaient de se figurer — d'après ce qu'ils avaient lu et entendu — l'existence qu'il avait menée dans le Nord. Ils savaient que le Nord l'attirait encore, car la nuit ils l'entendaient parfois pleurer doucement. Lorsque le vent du nord soufflait et que la morsure de la gelée était dans l'air, il devenait très agité et il laissait entendre une plainte lamentable qu'ils savaient être un hurlement de loup. Cependant il n'aboyait jamais : aucune provocation, si grande qu'elle fût n'aurait pu lui arracher un cri de chien.

Ils avaient longtemps discuté, alors qu'ils tentaient de l'apprivoiser, à qui il appartenait. Chacun le revendiquait et se targuait à haute voix de la moindre expression d'affection que lui manifestait le chien. Mais l'homme eut tout d'abord la préférence parce qu'il était un homme : c'était clair, Wolf n'avait jamais eu affaire à une femme. Les jupes de Madge étaient une chose qu'il n'avait jamais connue ; leurs froufrous suffisaient à lui faire hérisser le poil avec méfiance, et pendant les jours de vent, elle ne pouvait pas l'approcher.

D'autre part, c'était Madge qui le nourrissait et qui avait charge de la cuisine, et c'était par sa faveur seule qu'il avait la permission d'entrer dans cette enceinte sacrée. Grâce à cela elle se promettait de surmonter le désavantage que lui causaient ses jupes. Walt, de son côté, se donnait beaucoup de peine ; il prit l'habitude d'avoir Wolf couché à ses pieds pendant qu'il écrivait, perdant ainsi beaucoup du temps qu'il devait à son travail à le caresser et lui parler. Walt finalement gagna la partie ; sa victoire était probablement due à ce qu'il était un homme. Madge prétendait qu'ils auraient pu avoir trois cent cinquante mètres de plus de ruisseau chantant, et au moins deux vents d'ouest dans leur taillis de bois rouge, si Walt avait mis son énergie dans la transmutation de chansons, s'il avait laissé Wolf à son goût naturel et n'avait pas influencé son jugement.

— Il est temps que j'ai des nouvelles de ces triolets, dit Walt après un silence de cinq minutes pendant lesquelles ils avaient lentement descendu le sentier. Il y aura un chèque à la poste, je le sais, et nous le changerons en belle farine de sarrasin, un gallon de sirop d'érable et une nouvelle paire de snow-boots pour toi.

— Et en beau lait de la belle vache de Mme Johnson, ajouta Madge. C'est demain le premier du mois, tu sais ?

Inconsciemment Walt fit la moue, puis sa figure s'éclaira et de sa main il tapa sur sa poche.

— Ça ne fait rien, j'ai ici une belle vache neuve, la meilleure laitière de Californie.

— Quand as-tu écrit ça ? demanda-t-elle vivement. (Puis avec un reproche :) Et tu ne me l'as jamais montré.

— Je l'ai gardé pour te le dire en allant sur le chemin de la poste, à un endroit qui ressemble étonnamment à celui-ci, répondit-il en indiquant d'un geste de la main un tronc d'arbre sec sur lequel on pouvait s'asseoir.

Un petit ruisseau sortait d'une épaisse touffe de fougères, glissait sur une pierre à bord moussu et traversait le sentier à leurs pieds. De la vallée montait le doux chant des alouettes, tandis qu'autour d'eux voletaient de grands papillons jaunes, à travers le soleil et l'ombre.

Un autre son montait, que Walt perçut alors qu'il lisait à mi-voix son manuscrit. C'était un bruit de pas pesant, ponctué de temps à autre par le glissement d'une pierre. Comme Walt finissait et regardait sa femme pour avoir son approbation, un homme leur apparut au tournant du sentier. Il était nu-tête et en nage. A l'aide de son mouchoir, il épongeait sa figure et tenait de l'autre main un chapeau neuf et un faux col empesé mais en accordéon. C'était un homme bien bâti et ses muscles semblaient sur le point de faire éclater les vêtements de confection, tout neufs, qu'il portait.

— Chaude journée, dit Walt en le saluant.

Walt croyait à la démocratie de la campagne et ne manquait jamais une occasion de le montrer. L'homme s'arrêta et fit un signe de tête :

— Je m'aperçois que je ne suis guère habitué à la chaleur, avoua-t-il en guise d'excuse. Je suis plus habitué à la température qui marque zéro.

— Ici, c'est plutôt rare, dit Walt en riant.

— On dirait, répondit l'homme. Ce n'est pas ce que je cherche. Je cherche ma sœur. Peut-être savez-vous où elle habite. Son nom est Johnson. Mme William Johnson.

— Vous n'êtes pas son frère du Klondyke ? s'écria Madge, les yeux brillants d'intérêt, celui dont nous avons tant entendu parler ?

— Oui, Madame, c'est moi, répondit-il modestement. Mon nom est Miller, Skiff Miller. Je pensais lui faire une surprise.

— Vous êtes sur le bon chemin alors, seulement vous êtes venu par le sentier.

Madge se leva pour lui montrer la direction, indiquant le canyon à un quart de mille.

— Vous voyez ce bois rouge foudroyé ? Prenez ce petit sentier qui tourne à droite. C'est la traverse pour aller à sa maison. Vous ne pouvez pas vous tromper.

— Oui, Madame, merci, Madame, dit-il.

Il fit un effort pour partir, mais semblait gêné, comme rivé au sol. Il la regardait avec une admiration naïve et inconsciente qui le plongeait dans un embarras dont il ne savait sortir.

— Nous voudrions bien vous entendre parler du Klondyke, dit Madge. Est-ce que nous ne pourrions pas venir un jour chez votre sœur pendant que vous êtes ici ? Ou plutôt, est-ce que vous ne pourriez pas venir dîner avec nous ?

— Oui, Madame, merci Madame, murmura-t-il machinalement. (Puis il revint à lui et ajouta :) Je ne reste pas longtemps. Il faut que je parte de nouveau pour le Nord. Je reprends le train de ce soir, vous savez, j'ai une entreprise avec le gouvernement.

Lorsque Madge lui eut dit ses regrets, il fit un autre effort pour partir ; mais il ne pouvait pas quitter son visage des yeux. Dans son admiration il oubliait son embarras ; ce fut à son tour à elle de rougir et de se sentir mal à l'aise.

Au moment où Walt avait décidé qu'il était temps d'intervenir pour relâcher la tension, Wolf qui s'en était allé fureter dans les buissons, réapparut trottant de son allure de loup.

La distraction de Skiff Miller s'évanouit. La jolie femme qui était devant lui quitta son champ de vision. Ses yeux n'étaient que pour le chien et un grand étonnement se peignit sur son visage.

— Ça alors, que je sois damné ! dit-il doucement et solennellement.

Il s'assit sur un tronc, songeur, laissant Madge debout. Au son de sa voix, les oreilles de Wolf s'étaient couchées et sa gueule s'était ouverte pour rire. Il trotta doucement vers l'étranger et tout d'abord sentit ses mains, puis les lécha. Skiff Miller caressa la tête du chien et du même ton répéta :

— Que je sois damné ! Excusez-moi, Madame, ajouta-t-il, mais j'étais un peu surpris, voilà tout.

— Nous aussi, nous sommes surpris, répondit-elle d'un ton léger, nous n'avons jamais vu Wolf s'attacher à un étranger.

— C'est comme ça que vous l'appelez, Wolf ? demanda l'homme.

Madge hocha la tête.

— Mais je n'arrive pas à comprendre son amitié pour vous, à moins que ce ne soit parce que vous venez du Klondyke. C'est un chien du Klondyke, vous savez ?

— Oui, Madame, dit Miller distrait. (Il souleva une des pattes de devant de Wolf et examina la sole, la pressant et y enfonçant son pouce.) C'est bien mou, remarqua-t-il, il n'a pas été sur la route depuis quelque temps.

— Dites donc, fit Walt, c'est extraordinaire qu'il vous laisse le toucher ainsi.

Skiff Miller se leva, son admiration pour Madge ne le gênait plus, et d'une voix sèche, comme s'il parlait affaires, il demanda :

— Depuis combien de temps l'avez-vous ?

A ce moment même, le chien qui, tout excité, se frottait contre les jambes du nouveau venu, ouvrit la gueule et aboya. C'était un aboiement qui éclatait, court et joyeux mais c'en était un.

— Tiens, ça c'est nouveau pour moi, remarqua Skiff Miller.

Walt et Madge se regardèrent : le miracle s'était produit, Wolf avait aboyé.

— C'est la première fois qu'il aboie, dit Madge.

— La première fois que je l'entends aussi, ajouta Miller.

Madge lui sourit. L'homme était certainement plein d'humour.

— Naturellement, dit-elle, il y a encore cinq minutes vous ne le connaissiez pas.

Skiff Miller la regarda vivement, cherchant sur son visage l'artifice que ses paroles lui avaient fait soupçonner.

— Je croyais que vous aviez compris, dit-il lentement. Je pensais que vous pigeriez en le voyant me faire des amitiés. C'est mon chien ; Son nom n'est pas Wolf. C'est Brown [1].

— O Walt ! s'exclama instinctivement Madge à son mari. Walt fut aussitôt sur la défensive.

— Comment savez-vous que c'est votre

1. Brun.

chien ? demanda-t-il.

— Parce qu'il l'est, répondit l'autre.

— Simple affirmation, dit sèchement Walt.

De son air lent et pensif, Skiff Miller le regarda puis demanda en penchant la tête du côté de Madge :

— Comment savez-vous qu'elle est votre femme ? Vous dites : parce qu'elle l'est, et moi je dis : ce n'est qu'une affirmation. Ce chien est à moi. Je l'ai élevé et je devine, je devrais le savoir. Regardez, je vais vous le prouver.

Skiff Miller se tourna vers le chien.

— Brown ! (Sa voix était vive et à cet appel, les oreilles du chien se couchèrent comme pour recevoir une caresse.) Gee ! (Et le chien tourna à droite en se balançant.) Maintenant Mush-on[1] ! (Et le chien cessa de se balancer soudain et partit en avant en ligne droite, s'arrêtant au commandement.)

— Je peux lui faire exécuter ces exercices au sifflet, dit Skiff Miller avec fierté, c'était mon chien de tête.

— Mais vous n'allez pas l'emmener avec vous ? dit Madge d'une voix tremblante.

1. Marchons (?) peut-être une altération du voyageur canadien.

L'homme acquiesça.

— Vous allez le ramener dans ce terrible pays ?

Il secoua la tête et déclara :

— Ce n'est pas si terrible que ça. Regardez-moi. Je suis en assez bonne santé, non ?

— Mais les chiens ! Les privations terribles, le travail exténuant, la faim, la gelée ! Oh ! j'en ai lu assez là-dessus, et je sais.

— Une fois je l'ai presque mangé, là-haut, sur la rivière de Little Fish, avoua Miller d'un ton renfrogné. Si je n'avais pas tué un élan ce jour-là... C'est ce qui l'a sauvé.

— Je serais plutôt morte, dit Madge.

— C'est différent, par ici, expliqua Miller. Vous n'en êtes pas réduits à manger des chiens. Vous penseriez autrement si vous risquiez de mourir, mais ça ne vous est jamais arrivé, jamais, c'est pour ça que vous ne savez pas ce que ça signifie.

— C'est bien où nous voulons en venir, rétorqua-t-elle avec emportement. En Californie, les chiens ne sont pas mangés : pourquoi ne pas le laisser ici ? Il est heureux, il ne manque jamais de nourriture, vous le savez. Il ne souffrira jamais de faim ni de privations. Ici tout est douceur et gentillesses. Ni l'homme, ni la nature ne sont sauvages. Jamais il ne recevra de coups de fouet. Pour ce qui est du climat, il ne neige jamais ici.

— Mais faites excuses : c'est une chaleur d'enfer en été, dit Skiff Miller en riant.

— Mais vous ne répondez pas, continua Madge avec passion. Qu'avez-vous à lui offrir dans cette existence du Nord ?

— De quoi manger, quand j'en ai, ce qui est presque tout le temps, répondit-il.

— Et le reste du temps ?

— Rien à manger.

— Et le travail ?

— Oui, beaucoup de travail, fit imprudemment Miller d'un ton impatient. Du travail sans fin, et la famine, et la gelée, et toutes les autres misères : c'est ce qu'il aura en venant avec moi. Mais il aime ça ; il y est habitué, il connaît cette existence. C'est pour elle qu'il est né et qu'il a été élevé. Et vous n'y connaissez rien, vous ne savez pas de quoi vous parlez. C'est là-bas que le chien est né et c'est là-bas qu'il sera le plus heureux.

— Le chien ne s'en ira pas, annonça Walt d'une voix touchante. Inutile de discuter davantage.

— Qu'est-ce que vous dites ? demanda Skiff Miller en fronçant les sourcils ; et le rouge lui montait au front.

— Je dis que le chien reste ici, c'est décidé. Je ne crois pas que ce soit votre chien. Vous l'avez peut-être vu quelque part ; peut-être même l'avez-vous eu comme chien de traîneau. Mais parce qu'il obéit aux commandements ordinaires de la route en Alaska, ça ne prouve pas qu'il soit à vous. N'importe quel chien de traîneau vous obéirait comme lui. De plus, c'est sans doute un chien qui a de la valeur en Alaska, ce qui expliquerait suffisamment votre désir d'en prendre possession. En tout cas, il vous faut prouver qu'il est à vous.

Skiff Miller, tranquille et toujours maître de lui, le front plus rouge encore, ses muscles épais faisant des bosses sous l'étoffe noire de sa veste, regarda le poète avec soin de bas en haut, toujours maître de lui, comme s'il mesurait la force qui pouvait être dans son corps svelte. L'homme du Klondyke eut sur le visage une expression de dédain lorsqu'il dit :

— Je ne vois rien qui puisse m'empêcher de predre le chien à l'instant.

Walt rougit, les muscles de ses bras et de ses épaules semblèrent se raidir et se tendre.

Pleine d'appréhension, la femme s'interposa.

— M. Miller a peut-être raison, fit-elle. J'ai peur qu'il ne dise vrai. Wolf semble le connaître et certainement il répond au nom de Brown. Il s'est lié d'amitié avec lui sur-le-champ, et tu le sais, il n'a fait ça avec personne d'autre auparavant. De plus, pense à la manière dont il a aboyé. Il éclatait de joie, pourquoi ? Sans doute parce qu'il retrouvait M. Miller.

Les muscles de Walt se relâchèrent et ses épaules s'affaissèrent ; il semblait vaincu.

— Je crains que tu n'aies raison, Madge, dit-il. Wolf n'est pas Wolf, mais Brown, et il doit appartenir à M. Miller.

— Peut-être M. Miller le vendra-t-il ? insinua-t-elle. Nous pourrions l'acheter.

Skiff Miller secoua la tête ; il n'était plus sur la défensive, mais s'était radouci, prompt à se montrer généreux en réponse à la générosité.

— J'ai cinq chiens, commença-t-il, en cherchant le meilleur moyen d'atténuer son refus. C'était lui le chien de tête ; ils formaient le meilleur attelage de l'Alaska. Rien ne pouvait les égaler. En 1898 j'ai refusé cinq mille dollars de la meute. Les chiens valaient cher, à ce moment-là : c'est un fait — mais ce n'est pas ça qui a poussé le chiffre à ce prix exorbitant, c'était l'attelage lui-même. Brown était le meilleur de tous. Cet hiver-là, j'ai refusé de le vendre douze cents ; je ne l'ai pas vendu alors, je ne le vends pas maintenant. De plus, ce chien représente beaucoup pour moi. Voici trois ans que je le cherche. Je suis tombé malade lorsque je me suis aperçu qu'il avait été volé — non pas à cause de sa valeur à lui, mais parce que je l'aimais... Bon Dieu... excusez-moi. Je ne pouvais pas en croire mes yeux lorsque je l'ai aperçu tout à l'heure : je croyais que je rêvais, c'était trop beau pour être vrai. J'ai été sa nourrice, je le mettais au lit chaque soir. Sa mère était morte, je l'ai élevé avec du lait condensé à deux dollars la boîte, alors que je ne pouvais pas m'en payer dans mon café. Jamais il n'a connu d'autre mère que moi. Il avait l'habitude de me sucer toujours le doigt, le petit mâtin, ce doigt-ci, tenez.

Et Skiff Miller, trop ému pour en dire davantage, leur présenta son index.

— Oui, ce doigt-ci, arriva-t-il à articuler,

comme si cela prouvait absolument son droit et son affection.

Il était encore à contempler son index tendu quand Madge intervint :

— Mais le chien, vous n'avez pas considéré le chien. (Skiff Miller sembla embarrassé.) Avez-vous seulement pensé à lui ?

— Je ne vois pas à quoi vous voulez en venir, répondit-il.

— Le chien a peut-être voix au chapitre, continua Madge. Vous ne l'avez pas consulté, vous ne lui laissez pas le choix. Ça ne vous est pas venu à l'idée que probablement il préférerait la Californie à l'Alaska. Vous ne songez qu'à ce que vous aimez. Vous le traitez comme un sac de pommes de terre ou une balle de foin.

C'était une nouvelle façon de voir les choses et Miller était visiblement impressionné, tandis qu'il pesait le pour et le contre dans son esprit. Madge mit à profit son indécision.

— Si vous l'aimez réellement, ce qui est son bonheur à lui sera le vôtre, insista-t-elle.

Skiff Miller continua à réfléchir à la question et Madge coula un regard de joie vers son mari qui le lui rendit d'un œil approbateur.

— A votre avis ? demanda tout à coup l'homme du Klondyke.

C'était à son tour d'être embarrassée.

— Que voulez-vous dire ? demanda-t-elle.

— Croyez-vous qu'il aimerait mieux rester en Californie ?

De nouveau Skiff Miller s'interrogea, cette fois-ci à haute voix, tout en promenant un regard judicieux sur l'animal discuté.

— Ça, c'est pas un fainéant, il a travaillé beaucoup pour moi. Jamais il ne m'a perdu de temps et il détenait le record pour dresser un nouvel attelage. Il a une tête, il peut tout faire sauf parler. Il comprend ce que vous lui dites. Tenez, regardez-le. Il sait que nous parlons de lui.

Le chien était couché aux pieds de Skiff Miller, la tête sur ses pattes, les oreilles droites, aux aguets ; les yeux étaient vifs et anxieux de suivre le son de la parole tandis qu'elle tombait d'une bouche puis de l'autre.

— Et il est encore capable d'abattre beaucoup de travail pendant des années, Et je l'aime, bon sang ! je l'aime.

Après cet aveu, Skiff Miller ouvrit la bouche et la referma une ou deux fois sans rien dire.

Enfin il reprit :

— Je vais vous dire ce que je ferai. Vos remarques, Madame, ont leur poids. Le chien a travaillé dur et il a sans doute gagné un doux repos et a le droit de choisir. En tout cas, nous le lui laisserons. Son choix décidera. Vous autres, restez ici. Je vous dirai adieu et m'en irai, comme si de rien n'était. S'il veut rester, il peut rester ; s'il veut venir avec moi, laissez-le faire. Je ne l'appellerai pas et vous de votre côté, ne l'appelez pas pour qu'il revienne.

Il regarda Madge d'un œil soupçonneux et ajouta :

— Seulement il faut jouer franc jeu, il ne faut pas le persuader derrière mon dos.

— Nous jouerons franc jeu, commença Madge, mais Skiff Miller interrompit ses assurances :

— Je connais les femmes. Elles ont le cœur tendre. Quand leur cœur est en jeu, elles mettraient les cartes en tas, regarderaient en dessous et mentiraient comme le diable... faites excuse, Madame, je ne parle que des femmes en général.

— Je ne sais comment vous remercier, dit Madge en tremblant.

— Je ne vois pas pourquoi vous me remercieriez, dit-il. Brown n'a pas encore décidé. Ça ne vous fait rien que je m'en aille en marchant lentement ? Ce n'est que justice, étant donné que je serai hors de vue au bout de cent mètres.

Madge accepta et ajouta :

— Je promets sincèrement que nous ne ferons rien pour l'influencer.

— Alors je ferais aussi bien de me mettre en route, dit Skiff Miller du ton ordinaire d'un homme qui prend congé.

Au changement de voix, Wolf leva la tête rapidement et plus rapidement encore, se mit debout lorsque l'homme et la femme se serrèrent la main. Il se dressa sur ses pattes de derrière, et lécha la main de Skiff Miller, tout en posant ses pattes de devant sur la manche de Madge. Quand Miller serra la main de Walt, Wolf recommença, s'appuyant sur Walt et léchant les mains des deux hommes.

— Ce n'est pas un pique-nique, je vous promets, furent les dernières paroles de l'homme du Klondyke alors qu'il se détournait et remontait lentement le sentier.

Sur une distance de dix mètres, Wolf le regarda s'en aller, rempli d'ardeur et d'attente, comme si l'homme allait se retourner et revenir sur ses pas. Puis avec un cri rapide et bas, Wolf se lança à sa poursuite, le dépassa, prit sa main entre ses crocs avec tendresse, à contrecœur, et tenta doucement de l'arrêter.

Comme il ne pouvait y parvenir, Wolf revint à la course là où Walt Irvine était assis, prit sa manche dans sa gueule et essaya en vain de le traîner du côté de l'homme qui s'éloignait. Wolf devenait de plus en plus agité : il voulait être partout à la fois — être à deux endroits en même temps, avec l'ancien maître et le nouveau, et petit à petit la distance entre les deux s'accroissait. Il sauta çà et là, excité, en faisant des bonds courts et nerveux. Il se tournait vers l'un, puis vers l'autre, en une indécision douloureuse, ne sachant que faire, car il les voulait tous les deux sans pouvoir choisir, il laissait échapper des pleurs rapides et aigus et commençait à haleter.

Tout à coup, il s'assit sur son arrière-train, leva le museau à l'air tandis que sa gueule s'ouvrait et se fermait avec des mouvements brusques, et chaque fois s'ouvrait davantage. C'étaient des spasmes renouvelés qui contractaient sa gorge, chaque spasme plus pénible et plus intense que le précédent. En même temps, le larynx commença à vibrer, sourdement d'abord, tandis qu'un flot, une poussée d'air était chassée des poumons ; puis il laissa échapper une note basse et profonde, la plus basse que perçoive l'oreille humaine. Tout cela formait les préliminaires nerveux et musculaires du hurlement.

Mais, comme le hurlement allait éclater de la gorge, la gueule ouverte au maximum se ferma, les spasmes cessèrent et le chien regarda longtemps et sans arrêt l'homme qui s'éloignait.

Wolf tourna la tête et, avec autant d'attention, regarda Walt. L'appel n'obtint pas de réponse. Le chien ne reçut ni un mot, ni un signe, aucune suggestion, aucun indice de la conduite à prendre.

Un regard en avant, vers le vieux maître qui approchait du tournant du sentier, l'excita à nouveau. Il se mit sur ses pattes avec un cri, puis possédé d'une idée nouvelle, il accorda son attention à Madge. Jusqu'alors, il l'avait négligée, mais maintenant, comme ses deux maîtres l'abandonnaient, c'est la seule personne qui lui restait, il alla vers elle et poussa la tête sur ses genoux, caressant son bras avec son museau — une vieille manie qu'il avait quand il mendiait des faveurs. Il recula pour s'éloigner d'elle et commença à se tortiller et à se retourner en jouant ; il faisait des courbettes et piaffait, se mettait debout à demi et frappait la terre de ses pattes.

Tout son corps entrait en lutte. Les yeux cajoleurs, les oreilles couchées, il remuait la queue afin d'exprimer la pensée qui était en lui mais qu'il était incapable de transmettre.

Cela aussi, il y renonça bientôt. Il était attristé par la froideur de ces humains qui n'avaient jamais été indifférents auparavant. Il ne pouvait tirer d'eux aucune réponse, ni obtenir aucune aide. Ils ne faisaient pas attention à lui, ils étaient comme morts.

Il se retourna et en silence regarda du côté de l'ancien maître : Skiff Miller suivait le tournant, dans un moment il allait disparaître. Pourtant, pas une fois, il n'avait tourné la tête, marchant droit devant lui, d'un pas lent et déterminé, comme s'il ne prenait aucun intérêt à ce qui se passait derrière lui.

C'est ainsi qu'il disparut : Wolf attendit qu'il parût de nouveau. Il attendit une longue minute, silencieusement, tranquillement, sans bouger comme s'il était devenu de pierre, mais pierre vivante d'anxiété et de désir. Une fois il aboya, puis attendit. Puis il fit volte-face et vint en trottant du côté de Walt Irvine. Il renifla sa main et se coucha lourdement à ses pieds, les yeux fixés sur la partie du sentier qui, déserte, disparaissait après un tournant.

Le petit ruisseau qui coulait sur les pierres moussues sembla tout à coup enfler le volume de son bruit. Pas un son, excepté la voix des alouettes. Les gais papillons jaunes jouaient sans bruit dans le soleil et se perdaient dans les ombres assoupies. Madge regarda son mari d'un air triomphant.

Quelques minutes après, Wolf se leva. La décision et la délibération se voyaient dans ses mouvements. Il ne regarda ni l'homme, ni la femme ; ses yeux étaient braqués sur le sentier. Il avait fait son choix. Ils le comprenaient, et savaient, pour ce qui les concernait, que l'épreuve venait de commencer.

Il partit au trot, et les lèvres de Madge se retroussèrent, formant porte-voix pour l'appel caressant qu'elle allait envoyer. Mais l'appel caressant ne se forma point. Elle fut forcée de regarder son mari et vit la gravité avec laquelle il la surveillait. Elle referma la bouche et soupira tout bas.

Wolf passa du trot à la course, les bonds qu'il fit devinrent plus espacés. Il ne détourna pas une seule fois la tête, portant en l'air sa queue de loup. Il coupa court le tournant du sentier et disparut.

VII

LA PISTE DES SOLEILS[1]

Sitka Charley fumait sa pipe et regardait, pensif, une gravure de la *Gazette de Police* qui était au mur. Depuis une demi-heure ; il la contemplait sans arrêt et depuis une demi-heure je le surveillais sournoisement. Il y avait quelque chose qu'il agitait dans son esprit, et je savais que de toute manière, cela valait la peine d'être connu. Il avait mené son existence et su regarder, il avait accompli le plus grand des prodiges, en tournant le dos aux siens et — autant que cela est possible à un Indien — en devenant un Blanc, même dans le travail de son intelligence. Comme il le disait lui-même, il était venu au chaud, s'était assis près de nous, à notre feu et était devenu un des nôtres.

Jamais il n'avait appris à lire ni à écrire, mais son vocabulaire était remarquable et plus

1. *Sun dogs.* Nom donné au phénomène qui a lieu dans le ciel polaire où le soleil se reflète plusieurs fois et donne l'illusion de plusieurs soleils.

remarquable encore était la façon dont il avait parfaitement adopté le point de vue du Blanc, l'attitude du Blanc envers les choses.

Nous avions trouvé cette cabine déserte après une longue journée sur la piste. On avait donné à manger aux chiens, lavé les assiettes du souper, fait les lits ; nous étions alors en train de jouir de l'heure la plus délicieuse de la journée mais qui, sur les pistes de l'Alaska, n'arrive qu'une fois chaque jour ; l'heure où rien ne vient se mettre entre le corps qui est fatigué et le lit, excepté la pipe du soir. L'homme qui précédemment avait occupé la cabine avait décoré les murs de gravures détachées de magazines et de journaux, et c'étaient ces images qui avaient retenu l'attention de Sitka Charley dès notre arrivée, deux heures auparavant. Il les avait étudiées longuement, allant de l'une à l'autre, puis revenant à la première ; et je pouvais voir que son esprit était troublé et qu'il était embarrassé.

— Eh bien ? dis-je finalement pour rompre le silence.

Il prit la pipe de sa bouche et répondit simplement :

— Je ne comprends pas.

Il se remit à fumer, puis enleva une nouvelle fois la pipe et s'en servit pour montrer la gravure de la *Gazette de Police*.

— Cette gravure, que signifie-t-elle ? je ne comprends pas.

Je regardai la gravure. Un homme, à l'expression grotesquement méchante, la main droite pressée sur son cœur en un geste dramatique, tombait à la renverse sur le parquet. Lui faisant face, un second homme tenait un revolver fumant ; son visage était un mélange d'ange et d'Adonis.

— Celui-ci est en train de tuer l'autre, dis-je, conscient de mon propre embarras et de ma pauvre explication.

— Pourquoi ? demanda Sitka Charley.

— Je ne sais pas, avouai-je.

— Cette gravure n'est qu'une fin, elle n'a pas de commencement.

— C'est la vie, dis-je.

— La vie a un commencement, objecta-t-il.

Pour le moment, je n'avais rien à dire ; mais ses yeux se portèrent sur la gravure suivante, une photographie d'un tableau quelconque « Léda et le Cygne ».

— Cette gravure n'a pas de commencement, elle n'a pas de fin, dit-il, je ne comprends pas les gravures.

— Regarde celle-ci, lui dis-je en lui indiquant la troisième. Ça signifie quelque chose. Dis-moi ce qu'elle signifie pour toi.

Pendant quelques minutes il l'étudia.

— La petite fillc est malade, dit-il enfin. Ça, c'est le docteur qui la regarde. Ils sont restés debout toute la nuit, tu vois, l'huile est basse dans la lampe, la première lumière du matin arrive par la fenêtre. C'est une maladie grave, peut-être mourra-t-elle, c'est pour ça que le docteur regarde avec tant d'attention. Ça, c'est la mère ; c'est une maladie grave parce que la mère appuie la tête sur la table, et elle pleure.

— Comment sais-tu qu'elle pleure ? dis-je. Tu ne peux pas voir son visage : peut-être est-elle endormie ?

Sitka Charley me regarda vivement, avec surprise, puis contempla de nouveau la gravure. Il était évident qu'il n'avait pas raisonné l'impression.

— Elle dort peut-être, répétai-je.

Il la regarda de près :

— Non, elle ne dort pas, les épaules montrent qu'elle n'est pas endormie. J'ai vu les épaules d'une femme qui pleure. La mère pleure, c'est une grande maladie.

— Et maintenant, comprends-tu la gravure ? lui dis-je.

Il secoua la tête et demanda :

— La petite fille, est-ce qu'elle meurt ?

C'était à mon tour de garder le silence.

— Est-ce qu'elle meurt ? insista-t-il. Tu es un homme qui peint, tu le sais peut-être.

— Non, je ne sais pas.

— Ce n'est pas la vie, dit-il d'un ton qui n'admettait pas de réplique. Dans la vie, la petite fille meurt ou guérit. Quelque chose arrive dans la vie. Dans les gravures rien n'arrive. Non, je ne comprends pas les gravures.

Il était certainement déçu. C'était son désir de comprendre tout ce que l'homme blanc comprenait, et cette fois-ci, il n'y arrivait pas. Je sentis aussi qu'il y avait du dépit dans son attitude. Il ne pouvait manquer de me forcer à lui montrer où était la sagesse des gravures. Il avait un don remarquable de voir tout en images, sentait en images ; et pourtant, il ne comprenait pas celles qui avaient été vues par les yeux des autres et exprimées par eux sur une toile, avec de la couleur et des lignes.

— Les images sont des morceaux de vie, dis-je, nous peignons la vie comme nous la voyons. Par exemple, Charley, tu arrives le long du sentier, il fait nuit. Tu vois une cabine, la fenêtre est éclairée. Tu regardes par le carreau pendant une seconde ou deux, tu voix quelque chose, puis tu continues ton chemin. Tu aperçois, mettons, un homme en train d'écrire une lettre ; tu as vu quelque chose sans commencement ni fin. Il n'est rien arrivé, cependant c'est un morceau de la vie que tu as observé. Tu te le rappelles après, c'est comme une image dans ta mémoire. La fenêtre, c'est le cadre de la gravure.

Je voyais que cela l'intéressait, je savais que, alors que je parlais, il avait regardé par la fenêtre et vu l'homme en train d'écrire une lettre.

— Il y a une image vraie que tu as peinte et que je comprends, dit-il. C'est une image vraie, elle signifie beaucoup de choses. C'est dans ta cabine, à Dawson. C'est une table de faro, les hommes sont en train de jouer, c'est le grand jeu. Il n'y a plus de limite.

— Comment sais-tu qu'il n'y a plus de limite ? interrompis-je avec animation.

C'était ici une occasion de voir mon œuvre jugée par un juge impartial qui ne connaissait que la vie et non l'art, et qui était bien maître de la réalité. De plus, j'étais très fier de ce travail que j'avais intitulé : « Le dernier tour » et je pensais que c'était une de mes meilleures toiles.

— Il n'y a pas de jetons sur la table, expliqua Sitka Charley. Les hommes jouent avec des marques, ça veut dire que c'est le toit qui est la limite. Un homme joue avec des jetons jaunes, un jeton vaut peut-être mille dollars, peut-être deux mille. Un homme joue avec des jetons rouges, peut-être valent-ils cinq cents dollars, peut-être mille. C'est la grosse mise, tout le monde joue gros, jusqu'au plafond. Comment je le sais ? Tu as fait celui qui donne les cartes avec le sang au visage. (J'étais enchanté.) Un autre, le « videur » de l'établissement, tu le représentes penché en avant : pourquoi ? Pourquoi sa figure est-elle si tranquille ? Pourquoi celui qui donne est-il un peu rouge ? Pourquoi tous les hommes sont-ils tranquilles ? L'homme aux jetons jaunes, celui aux jetons rouges, celui aux jetons blancs ? Pourquoi personne ne parle-t-il ? Parce qu'il y a beaucoup d'argent, parce que c'est le dernier tour.

— Comment sais-tu que c'est le dernier tour ? demandai-je.

— Le roi est fini, le sept est joué, répondit-il. Personne ne parie sur les autres cartes, elles sont toutes jouées : chacun a la même idée, chacun joue le roi pour perdre, le sept pour gagner. Peut-être la banque perdra-t-elle vingt mille dollars, peut-être gagnera-t-elle. Oui, cette image, je la comprends.

— Pourtant, tu n'en connais pas la fin ! lui criai-je triomphant. C'est le dernier tour, mais on n'a pas encore abattu les cartes. On ne les abattra jamais dans le tableau, personne ne saura jamais qui gagne ou qui perd.

— Et les hommes resteront assis là, sans jamais parler, dit-il, tandis que l'étonnement et la terreur se montraient sur sa figure. Et l'un restera penché, et l'autre aura le sang au visage. C'est étrange. Ils seront toujours là, et les cartes ne seront jamais jouées.

— C'est un tableau, c'est la vie. Tu as vu toi-même des choses comme ça.

Il me regarda pensif, puis dit très lentement :

— Non, comme tu dis, il n'y a pas de fin à ça :

personne ne la saura jamais. Pourtant, c'est une chose vraie. Je l'ai vue, c'est la vie.

Pendant longtemps il fuma en silence, pesant dans son esprit la sagesse de l'homme blanc au sujet des images, et la vérifiant par les faits qu'il connaissait dans la vie. Il remua la tête à plusieurs reprises et grogna une fois ou deux. Puis il secoua les cendres de sa pipe qu'il remplit soigneusement de nouveau et après une pause pensive, la ralluma :

— Moi aussi, j'ai vu de nombreuses images de la vie, dit-il, des images qui n'étaient pas peintes, mais vues avec les yeux. Je les ai regardées par la fenêtre comme j'ai regardé l'homme en train d'écrire la lettre. J'ai vu beaucoup de fragments de vie, sans commencement, sans fin, impossibles à comprendre.

Changeant subitement de position, il tourna les yeux droit sur moi et me regarda, d'un air songeur.

— Dis donc, fit-il, toi qui es peintre. Comment peindrais-tu ce que j'ai vu, cette image sans commencement, dont je ne comprends pas la fin ; un morceau de vie, qui a les lumières du Nord comme chandelle et l'Alaska comme cadre ?

— C'est une grande toile, murmurai-je.

Mais il ne répondit pas, car le tableau qu'il avait dans l'esprit était devant ses yeux et il le voyait.

— Il y a beaucoup de noms pour ce tableau, dit-il. Mais on y trouve beaucoup de Sun Dogs et il m'est venu à l'idée de l'appeler le « Sun Dog Trail ». Il y a longtemps de ça, en automne 97, quand, pour la première fois, j'ai vu la femme. Au lac Lindeman, j'avais un canot, un très bon canot Peterborough. J'arrivais par la passe de Chilcoot avec deux mille lettres de Dawson — à l'époque, j'étais courrier. A ce moment-là, tout le monde se précipitait au Klondyke : il y avait foule sur le sentier, beaucoup de gens qui abattaient des arbres pour construire des bateaux. C'était la dernière eau, il y avait de la neige en l'air, sur le sol, de la glace sur le lac, dans les remous de la rivière. Chaque jour, il y avait plus de neige et plus de glace. Dans un jour, peut-être dans trois, peut-être dans six, la gelée peut venir, alors plus d'eau, de la glace partout, tout le monde doit marcher. Dawson à neuf cents kilomètres, c'est une longue marche. Le bateau va vite — tout le monde veut aller par le bateau. Chacun dit : « Charley, deux cents dollars et tu me prends dans le canot, Charley, trois cents dollars, Charley, quatre cents dollars. » Je dis non chaque fois, parce que je suis porteur de lettres.

« Le matin, j'arrive au lac Lindeman : je marche toute la nuit, je suis très fatigué. Je cuis le déjeuner, je mange, puis je dors pendant trois heures sur la rive. Je me réveille, il est dix heures. La neige tombe, il y a du vent, beaucoup de vent qui souffle du bon côté. Il y a aussi une femme assise dans la neige près de moi. C'est une Blanche, elle est jeune, jolie, elle a peut-être vingt ans, peut-être vingt-cinq. Elle me regarde, je la regarde, elle est très fatiguée. Ce n'est pas une femme qui danse, je vois ça tout de suite, c'est une femme bien, bonne, et elle est très fatiguée. Elle demande : « C'est vous Sitka Charley ? » Je me lève en vitesse et roule mes couvertures pour que la neige n'y entre pas. Elle dit : « Je vais à Dawson. Je vais dans votre canot, combien ? »

« Je ne veux personne à bord de mon canot, et comme je n'aime pas dire non, je dis : « Un millier de dollars. » Je le dis, histoire de plaisanter, pour que la femme ne vienne pas avec moi. C'est mieux que de dire non. Elle me regarde fixement puis elle dit : « Quand partez-vous ? » Je réponds : « Tout de suite. » Alors elle dit que ça va bien, elle va me donner les mille dollars.

« Qu'est-ce que je peux dire ? Je ne veux pas la prendre et pourtant j'ai donné ma parole qu'elle peut venir pour mille dollars. Je suis surpris. Peut-être qu'elle plaisante, elle aussi, alors je dis : « Laissez-moi voir les mille dollars. » Et cette femme, cette jeune femme, toute seule sur le sentier, là dans la neige, sort mille dollars en billets et me les met dans la main. Je regarde l'argent ; je la regarde. Qu'est-ce que je peux dire ? Je dis : « Non, mon canot est trop petit, il n'y a pas de place pour des bagages. » Elle rit, et dit : « Je suis une grande voyageuse. Voici mes bagages. » Elle pousse du pied un petit paquetage dans la neige. Il contient deux couvertures de fourrure, entourées de toile, des vêtements de femme. Je le soulève — peut-être trente-cinq livres. Je suis surpris. Elle porte le paquet dans le canot. Qu'est-ce que je peux dire ? Je mets mes couvertures dans le canot, et nous partons. C'est comme ça que j'ai vu la femme pour la première fois. Le vent était bon, j'ai mis la petite voile.

« Le canot a filé très vite, comme un oiseau

par-dessus les vagues. La femme avait très peur. Je lui demande : « Pourquoi venir au Klondyke si vous avez peur ? » Elle rit, d'un rire dur, mais elle a encore très peur. Elle est aussi très fatiguée. Je dirige le canot par les rapides du lac Bennett, l'eau est très mauvaise et la femme pleure parce qu'elle est effrayée. Nous descendons le lac Bennett, il y a de la neige, de la glace, le vent souffle en tempête, mais la femme est très fatiguée et s'endort.

« Le soir, nous campons à Windy Arm, la femme s'assied près du feu et mange son souper. Je la regarde, elle est jolie ; elle arrange ses cheveux... elle en a beaucoup, bruns et parfois comme de l'or à la lueur du feu. Quand elle détourne la tête... comme ça... ça brille comme de l'or feu. Les yeux sont grands et bruns, parfois chauds comme une bougie derrière un rideau, parfois très durs et brillants comme un morceau de glace brisée sur lequel le soleil luit. Lorsqu'elle sourit, comment dire... lorsqu'elle sourit, je sais qu'un homme blanc voudrait l'embrasser. Jamais elle ne travaille dur, ses mains sont douces comme celles d'un enfant.

« Tout son corps, son bras, sa jambe, ses muscles semblent doux et ronds comme ceux d'un enfant. Sa taille est petite, et quand elle est debout, quand elle marche ou remue la tête ou le bras, c'est, je ne sais pas le mot, c'est beau à voir comme... J'ai dit peut-être qu'elle est bâtie avec les lignes d'un beau canot et lorsqu'elle se déplace, c'est avec les mouvements d'un bon canot glissant sur la mer calme ou sautant au travers de l'eau quand elle est blanche, rapide et en colère. C'est beau à regarder.

« Pourquoi arrive-t-elle au Klondyke, toute seule, avec beaucoup d'argent ? Je ne sais pas. Le lendemain je le lui demande. Elle rit et dit : « Sitka Charley, ça n'est pas votre affaire. » Le jour après je lui demande son nom. Elle rit et dit : « Mary Jones, c'est mon nom. » Je ne sais pas son nom, mais je sais que ce n'est pas Mary Jones.

« Comme il fait très froid dans le canot, parfois elle ne se sent pas bien. D'autres fois, elle se sent bien et chante. Sa voix est comme une cloche d'argent, et je me sens très bien comme lorsque je vais à l'église de la Mission de la Sainte-Croix. Alors quand elle chante, je me sens fort et je pagaie à m'en arracher le bras. Alors elle rit et dit : « Vous croyez que nous arriverons à Dawson avant la grande gelée,

Charley ? » Parfois elle est assise dans le canot et songe dans le lointain, ses yeux comme ça tout vides. Elle ne voit pas Sitka Charley, ni la glace, ni la neige. Elle est très loin. Elle est souvent comme ça, et parfois, son visage n'est pas beau à voir. Il ressemble à un visage en colère, comme celui d'un homme qui veut en tuer un autre.

« Le dernier jour avant d'arriver à Dawson a été très mauvais. De la glace sur les rives, dans tous les tourbillons, de la glace dans le courant. Je ne peux pas pagayer, le canot se prend de glace, impossible d'aborder, c'est très dangereux. Pendant ce temps, nous continuons à descendre le Yukon avec la glace. Cette nuit-là, la glace a fait grand bruit, elle s'est arrêtée, le canot s'est arrêté, tout s'est arrêté. « Descendons à terre », dit la femme. Je dis : « Non, mieux vaut attendre. » Peu à peu, tout repart à la dérive. Il y a beaucoup de neige, je ne vois rien. A onze heures, dans la nuit, tout s'arrête ; à une heure tout repart de nouveau.

« A trois heures, tout s'arrête. Le canot est brisé comme une coquille d'œuf, mais il est sur la glace et ne peut pas couler. J'entends des chiens qui aboient, nous attendons, nous dormons. Peu à peu le jour vient, il n'y a plus de neige et Dawson est là. Le canot s'est brisé et arrêté juste en face de Dawson. Sitka Charley est venu avec deux mille lettres par la dernière eau.

« La femme a loué une cabine sur la colline et pendant une semaine je ne l'ai pas revue. Puis un jour elle est venue me trouver et m'a dit : « Charley, que diriez-vous de travailler pour moi ? Vous conduirez les chiens, vous vous occuperez du camp et voyagerez avec moi. » Je dis que je gagne trop d'argent à porter les lettres. Elle dit : « Charley, je vous donnerai davantage. » Je lui dis que les hommes avec leur pelle et leur pioche ont quinze dollars par jour dans les mines. Elle dit : « Ça fait quatre cent cinquante dollars par mois. » Et je dis : « Sitka Charley ne manie pas la pioche ni la pelle. » Alors elle dit : « Je comprends, Charley, je vous donnerai sept cent cinquante dollars par mois. » C'est un bon prix, je vais travailler pour elle. J'achète pour elle chiens et traîneaux. Nous voyageons sur le Klondyke, la Bonanza et l'Eldorado, sur l'Indian River jusqu'à Sulphur Creek et à Dominion ; nous retraversons la chaîne jusqu'à Gold Bottom et Too Much Gold, puis retournons à Dawson. Pendant tout ce temps, elle cherchait quelque chose, je ne sais quoi. Ça m'intrigue : « Que cherchez-vous ? » je lui demande. Elle rit. « Vous cherchez de l'or ? » Elle rit puis elle dit : « Ça n'est pas votre affaire, Charley. » Et après je n'ai jamais plus demandé.

« Elle a un petit revolver qu'elle porte à sa ceinture. Parfois, elle s'exerce le long du sentier. Je ris. Alors elle demande : « Pourquoi riez-vous, Charley ? » Je dis : « Pourquoi jouez-vous avec ça ? Ce n'est bon à rien, c'est trop petit ; c'est un jouet d'enfant. » Quand nous retournons à Dawson elle me demande de lui acheter un bon revolver. J'achète un Colt 44. C'est très lourd mais elle le porte tout le temps à la ceinture.

« A Dawson l'homme arrive, de quel côté, je ne sais pas. Tout ce que je sais c'est qu'il est un *che-cha-quo,* ce que vous appelez un *pied-tendre,* un nouveau venu. Ses mains sont douces, comme celles de la femme ; jamais il n'a travaillé, son corps est mou. Tout d'abord je pense qu'il est peut-être son mari, mais il est trop jeune et puis, je le sais, ils font deux lits. Il peut avoir vingt ans. Ses yeux sont bleus, ses cheveux jaunes, il y a une petite moustache qui est jaune aussi. Il s'appelle John Jones, c'est peut-être son frère, je ne sais pas, je ne pose plus de questions. Seulement je ne crois pas que ce soit son nom ; d'autres personnes l'appellent M. Girvan. Je ne crois pas que ce soit son nom, je ne crois pas qu'elle s'appelle Miss Girvan, comme on la nomme. A mon avis, personne ne sait leur nom.

« Une nuit, j'étais endormi à Dawson, il me réveille et dit : « Préparez les chiens ; nous partons. » Je ne pose plus jamais de questions, je prépare les chiens et nous partons. Nous descendons le Yukon, c'est la nuit, en novembre et il fait très froid, 65° au-dessous. Elle est délicate, lui aussi, le froid les mord. Ils sont fatigués et pleurent tout bas. Un peu plus loin, je dis qu'il vaut mieux arrêter et faire le camp. Mais ils disent qu'ils veulent continuer. Trois fois je dis qu'il vaut mieux camper et se reposer, mais chaque fois ils disent qu'il faut continuer. Après, je ne dis plus rien. C'est la même chose, jour après jour ; ils ne sont pas endurcis, ils deviennent engourdis de douleur. Ils ne comprennent pas les mocassins et leurs pieds souffrent. Ils boitent, chancellent comme des gens ivres, ils geignent tout bas et disent tout le temps : « En avant, en avant, allons plus loin. » Ils vont comme des fous, sans s'arrêter. Pourquoi ? Je ne sais pas. Après quoi courent-ils ? Je ne sais pas. Ce n'est pas de l'or qu'ils cherchent, vu qu'il n'y a pas de nouvelles découvertes, et puis ils dépensent beaucoup d'argent. Mais je ne pose plus de questions. Moi aussi, je continue à avancer plus loin, toujours plus loin parce que je suis fort et que je suis très bien payé. Nous arrivons à Circle City. Ce qu'ils cherchent n'est pas là. Je pense que nous allons nous reposer, nous et les chiens ; mais nous ne prenons pas de repos, pas un seul jour. « Viens, dit la femme à l'homme, on repart. » Et nous continuons. Nous quittons le Yukon, nous traversons la chaîne dans la direction de l'ouest et nous nous dirigeons vers le pays de Tanana.

« Il y a une nouvelle mine d'or, mais ce qu'ils cherchent n'est pas là. Nous reprenons la piste pour Circle City.

« C'est une dure étape. Décembre est presque fini, les jours sont courts, il fait très froid. Un matin il fait 70° au-dessous. Je dis : « Il vaut mieux ne pas voyager aujourd'hui autrement la gelée mordra nos poumons. Après ça viendra la toux mauvaise et peut-être au printemps prochain la pneumonie. » Mais ils sont tous deux des *che-cha-quo,* ils ne comprennent pas la piste. Ils sont comme des morts tant ils sont fatigués mais ils disent : « Allons, continuons. »

« Nous continuons. La gelée leur mord les poumons et ils attrapent la toux sèche. Ils toussent jusqu'à ce que les larmes leur coulent sur les joues. Lorsque le lard est en train de frire, il faut qu'ils s'éloignent du feu et qu'ils aillent tousser pendant une demi-heure dans la neige. Leurs joues sont légèrement gelées de sorte que la peau devient noire et très douloureuse. L'homme a le pouce gelé ; l'extrémité a l'air de vouloir tomber, et il lui faut porter un gros pouce sur sa moufle afin de le tenir au chaud. Et parfois lorsque le doigt a très froid, quand la gelée mord fort, il doit enlever sa moufle et mettre sa main entre ses jambes, contre la peau afin de se réchauffer le pouce.

« Nous arrivons en boitant à Circle City, et même moi, Sitka Charley, je suis fatigué. C'est la veille de Noël ; je danse, je bois et me donne du bon temps, puisque le lendemain c'est Noël et nous nous reposerons. Mais non. Il est cinq heures du matin, le jour de Noël, je dors deux heures. L'homme est debout près de mon lit. « Venez, Charley, dit-il, harnachez les chiens. Nous partons. » N'ai-je pas dit que je ne pose plus de questions : ils me payent sept cent cinquante dollars par mois : ils sont mes maîtres, je suis leur homme. S'ils disent : « Venez Charley, partons pour l'enfer », je mettrais le harnais aux chiens, ferais claquer le fouet et partirais pour l'enfer. Je mets les chiens au traîneau et nous descendons le Yukon. Ou allons-nous ? Ils ne le disent pas. Ils disent simplement : « En avant, il faut que nous allions de l'avant. »

« Ils sont très fatigués. Ils ont fait des centaines de kilomètres et ils ne comprennent pas les choses de la route. De plus leur toux est très mauvaise, cette toux sèche qui fait jurer les hommes forts et qui fait pleurer les faibles. Mais ils continuent, chaque jour ils vont plus loin. Jamais ils ne laissent les chiens se reposer, ils achètent toujours de nouvelles bêtes.

« A chaque camp, à chaque poste, chaque village indien, ils lâchent les chiens fatigués et les remplacent par des chiens frais. Ils ont beaucoup d'argent, de l'argent sans fin, et le dépensent comme de l'eau. Sont-ils fous ? Parfois je me le demande, car il y a chez eux un démon qui les pousse en avant, toujours en avant. Qu'essayent-ils de trouver ? Ce n'est pas de l'or, car jamais ils ne creusent le sol. Pendant longtemps je réfléchis. Alors je pense que c'est un homme qu'ils cherchent. Mais quel homme ? Jamais nous ne le voyons, et pourtant ils sont comme des loups sur les traces du gibier à tuer. Mais ce sont des loups étranges, délicats, des louveteaux qui ne comprennent pas les choses du sentier. Ils pleurent tout haut, la nuit dans leur sommeil, ils geignent et se plaignent de la douleur de leur fatigue. Le jour, alors qu'ils chancellent sur le sentier, ils pleurent tout bas. Ce sont de drôles de loups.

« Nous passons Fort Yukon, nous passons Fort Hamilton, puis Minook. Janvier est arrivé et déjà presque parti. Les jours sont très courts. Le jour se lève à neuf heures, la nuit arrive à trois. Il fait froid et même moi, Sitka Charley, je suis fatigué. Est-ce que nous allons marcher comme ça sans arrêter, éternellement ? Je ne sais pas. Mais je regarde toujours le long de la piste pour voir ce qu'ils cherchent. Il y a peu de gens sur le chemin ; nous faisons quelquefois cent cinquante kilomètres sans voir le moindre signe de vie. Tout est tranquille, pas un son. Parfois il neige et nous ressemblons à des spectres errants. Parfois le ciel est clair et au milieu du jour le soleil nous regarde un moment par-dessus les collines qui sont au sud. Les lumières du nord enflamment le ciel, les soleils Sun Dogs dansent et l'air est rempli de poussière de gelée.

« Moi, Sitka Charley, un homme fort, je suis né sur la piste et j'y ai passé tous mes jours. Et pourtant, ces louveteaux m'ont fatigué. Je suis maigre comme un chat affamé et suis content de trouver mon lit le soir, et le matin je suis éreinté. Malgré cela nous sommes toujours en route dans l'obscurité avant le lever du jour, et l'obscurité de la nuit nous trouve encore sur la piste. Quant aux deux louveteaux ! Si je suis maigre comme un chat affamé, ils sont comme des chats qui n'ont jamais mangé et qui sont morts. Leurs yeux se sont enfoncés profondément dans leurs têtes, brillants parfois de fièvre et parfois éteints et voilés comme les yeux des morts. Leurs joues sont creusées comme les grottes dans une falaise ; des joues qui sont noires et à vif à force d'avoir été souvent gelées. Parfois c'est la femme qui le matin dit : « Je ne peux pas me lever, je suis incapable de bouger ; laissez-moi mourir. » C'est l'homme qui est debout près d'elle et qui dit : « Allons. » Et ils continuent. Et parfois c'est l'homme qui ne peut pas se lever et la femme dit : « Allons, en route. » Mais il y a une chose qu'ils font toujours, c'est d'aller de l'avant, sans arrêter. Parfois aux comptoirs commerciaux, l'homme et la femme reçoivent des lettres... je ne sais pas ce qu'elles contiennent, mais ils suivent une trace et ces lettres mêmes sont la trace.

« Une fois, un Indien leur donne une lettre, je lui parle à part. Il dit que c'est un borgne qui lui a donné la lettre, un homme qui voyage à vive allure en descendant le Yukon. C'est tout, mais je sais que les louveteaux sont après l'homme qui n'a qu'un œil.

« Nous sommes en février et nous avons fait plus de deux mille kilomètres. Nous approchons de la mer de Behring, il y a des tempêtes et des blizzards. La marche est dure. Nous arrivons à Anvig. Je ne sais pas, mais je suis sûr qu'ils auront une lettre à Anvig, car ils sont très agités et disent : « Venez, dépêchez-vous, allons de l'avant. » Mais je dis qu'il nous faut acheter de la nourriture, eux disent qu'il faut voyager rapidement et sans beaucoup de bagages. Ils disent aussi que nous pouvons nous approvisionner à la cabine de Charley McKeon. Alors je sais qu'ils prennent la grande traverse ; c'est là que vit Charley McKeon, où le Rocher Noir se dresse près de la piste.

« Avant de quitter Anvig, je cause peut-être deux minutes avec le prêtre. Oui, un homme borgne est passé et il voyage vite. Et je sais que l'homme qu'ils cherchent est celui qui n'a qu'un œil. Nous quittons Anvig avec peu de nourriture et voyageons vite vu que nous n'avons emporté que quelques bagages légers. Nous avons trois chiens frais achetés à Anvig, nous allons rapidement. L'homme et la femme sont comme fous ; nous partons de meilleure heure le matin, nous arrêtons plus tard le soir. Je regarde parfois si ces deux louveteaux ne vont pas mourir, mais non, ils vont, vont toujours. Lorsque la toux les saisit durement, ils tiennent leurs mains contre leur estomac et se couchent pliés en deux dans la neige, puis toussent et toussent. Ils ne peuvent marcher ni parler. Ils toussent peut-être pendant dix minutes, peut-être une demi-heure puis se redressent ; les larmes que la toux leur a arrachées sont gelées sur leur figure, mais ils répètent : « Allons, continuons à marcher. »

« Même moi, Sitka Charley, je suis très fatigué et je pense que sept cent cinquante dollars c'est peu pour le travail que je fais. Nous prenons la grande traverse, la piste est fraîche. Les louveteaux ont le nez sur la piste et disent : « Vite, plus vite, plus vite. » C'est dur pour les chiens. Nous n'avons pas beaucoup de nourriture, nous ne pouvons pas leur donner assez à manger et ils faiblissent. Il faut qu'ils travaillent dur. La femme a vraiment pitié d'eux et souvent, les larmes lui viennent aux yeux à cause d'eux. Mais le démon qui est en elle, qui la pousse, ne veut pas la laisser s'arrêter et accorder du repos aux chiens.

« Nous atteignons alors l'homme qui n'a qu'un œil : il est dans la neige, près de la piste, et il a une jambe cassée. A cause de sa blessure, il a mal fait son camp ; il est resté couché dans ses couvertures pendant trois jours et a entretenu son feu. Quand nous le trouvons, il est en train de jurer, il jure comme un charretier ; jamais je n'ai entendu un homme jurer ainsi. Je suis content ; maintenant qu'ils ont trouvé ce qu'ils cherchaient, nous allons nous reposer.

« Mais la femme dit : « Partons, dépêchons-nous. » Je suis surpris. Le borgne dit : « Ne vous occupez pas de moi. Donnez-moi votre nourriture, vous en trouverez d'autre demain à la hutte de McKeon. Envoyez-moi McKeon demain, mais continuez votre chemin. » Voici un autre loup, un vieux loup, et lui aussi n'a que cette pensée : aller de l'avant. Nous lui donnons donc notre nourriture, ce qui ne représente pas grand-chose ; nous coupons du bois pour son feu, prenons ses chiens les plus résistants et partons. Nous laissons le borgne dans la neige où il est mort parce que McKeon n'est jamais allé le chercher. Je ne sais pas quel était cet homme et comment il se trouvait là ; mais je crois qu'il avait été bien payé, comme moi, par l'homme et la femme, pour travailler pour eux.

« Ce jour-là et cette nuit-là, nous n'avons rien à manger, et tout le jour suivant nous voyageons vite mais la faim nous enlève nos forces. Nous arrivons alors à la Roche Noire, haute de près de deux cents mètres. C'était la fin du jour, l'obscurité descendait et nous ne pouvions pas trouver la hutte de McKeon. Nous nous couchons affamés et dès le matin nous cherchons la hutte. Elle n'était pas là, chose étrange, car chacun savait que McKeon vivait dans une hutte près de la Roche Noire. Nous étions proches de la côte où le vent souffle fort et où il y a beaucoup de neige. Partout de petites collines de neige amoncelées par le vent. Bientôt, je découvre les murs de la hutte et je creuse pour arriver à la porte. J'entre, McKeon est mort, peut-être depuis deux ou trois semaines. Un mal l'a frappé, il n'a pas pu quitter la hutte que le vent et la neige ont ensevelie. Il avait mangé ses provisions et était mort. J'ai cherché sa cache, mais il n'y avait pas de provisions. « Continuons », dit la femme. Ses yeux étaient affamés, elle avait une main sur son cœur comme si quelque chose lui faisait mal. Et debout, elle se penchait d'avant en arrière comme un arbre secoué par le vent. « Oui, partons », dit l'homme. Sa voix était creuse comme le cri d'un vieux corbeau et la faim commençait à le faire déraisonner.

« Moi aussi je dis : « Partons » car cette seule pensée, qui m'avait cinglé comme la lanière d'un fouet à chacun de ces deux mille kilomètres, s'était brûlée dans mon âme et je crois que je devenais fou, également. De plus, il nous fallait aller de l'avant vu que nous n'avions plus de provisions. Et nous continuons sans songer au borgne qui était dans la neige.

« On ne voyage guère sur la grande traverse ; parfois deux ou trois mois s'écoulent sans que personne ne passe. La neige avait couvert la piste et on ne voyait aucune trace de passage. Le vent souffle et la neige tombe toute la journée ; et nous marchons toute la journée alors que notre estomac ronge sa faim et que notre corps s'affaiblit à chaque pas. C'est alors que la femme commence à tomber, puis c'est le tour de l'homme. Je ne suis pas tombé, mais mes pieds étaient lourds, j'ai chancelé et trébuché de nombreuses fois.

« Cette nuit-là, la dernière de février, je tue trois ptarmigans avec le revolver de la femme et ça nous redonne un peu de force. Mais les chiens n'ont rien à manger : ils essayaient de ronger leurs harnais faits de cuir de walrus ; il me faut les éloigner à coups de bâton et suspendre les harnais à un arbre. Toute la nuit, ils hurlent et se battent au pied de l'arbre. Mais nous n'y faisons pas attention et le lendemain nous nous réveillons comme des morts dans leurs tombeaux et partons sur la piste.

« Ce matin-là, premier jour de mars, je vois la première trace de ce que les louveteaux cherchent. Le temps est clair et froid, le soleil brille plus longtemps dans le ciel, il y a des Sun Dogs et l'air est plein de poussières de gelée. La neige ne tombe plus sur la piste et je vois des empreintes fraîches de chiens et de traîneau. Il y a un homme avec cet attelage et je puis reconnaître dans la neige qu'il n'est pas costaud. Lui non plus, n'a pas assez à manger. Les louveteaux, eux aussi, voient les traces fraîches, ils sont très agités. « Dépêchons-nous, Charley, plus vite ! »

« Nous nous hâtons très lentement ; l'homme et la femme tombent à chaque pas. Quand ils essaient de monter dans le traîneau, les chiens qui sont trop faibles tombent aussi. De plus, il fait si froid que s'ils restent dans le traîneau ils seront gelés. C'est très facile d'être gelé quand on a faim. Quand la femme tombe, l'homme l'aide à se relever ; parfois c'est la femme qui vient au secours de l'homme. Puis ils tombent tous deux et je dois les aider sans cesse, autrement ils ne se relèveront pas et mourront dans la neige. C'est un travail très dur ; je suis éreinté ; il me faut conduire les chiens, et l'homme et la femme sont lourds, sans force dans leur corps. Peu à peu, moi aussi je tombe dans la neige, et il n'y a personne pour m'aider ; je dois me remettre debout tout seul, les relever et faire marcher les chiens.

« Cette nuit-là, je tue un ptarmigan, nous avons très faim et, même cette nuit, l'homme me dit : « A quelle heure partons-nous demain, Charley ? » Sa voix est celle d'un fantôme. Je dis : « Vous fixez toujours le départ à cinq heures. » Alors, il répond : « Demain, nous partirons à trois heures. » Je ris, très amer et lui dis : « Vous êtes un homme mort. » Et il répète : « Demain à trois heures. »

« Et nous partons à trois heures. Je suis leur homme et ce qu'ils disent de faire, je le fais. Le temps est clair et froid, et il n'y a pas de vent. Quand le jour vient, nous pouvons voir au loin, tout est paisible. Nous n'entendons que le bruit de nos cœurs, et dans le silence, ils battent très fort. Nous sommes tous des somnambules et nous marchons en rêve jusqu'à ce que nous tombions. Alors nous savons qu'il faut nous relever, nous voyons la piste encore et nous entendons nos cœurs battre. Parfois en marchant ainsi dans le rêve, j'ai des pensées étranges. Pourquoi Sitka Charley vit-il ? Pourquoi travaille-t-il dur et est-il affamé ? Pourquoi endure-t-il toute cette souffrance ? Pour sept cent cinquante dollars par mois, je réponds et je sais que c'est une réponse folle. C'est aussi une réponse vraie. Et depuis lors, je n'aime plus l'argent ; et dès ce jour-là j'ai acquis une grande sagesse. Une grande lumière s'est faite et j'ai vu clair, et j'ai compris que ce n'était pas pour l'argent qu'un homme doit vivre mais pour un bonheur qu'aucun homme ne peut donner, ni acheter, ni vendre, et qui est au-delà de la valeur de tout l'or du monde.

« Ce matin-là nous arrivons au dernier camp de l'homme qui est devant nous : c'est un camp misérable, comme en dresse un homme qui a faim et qui est faible. Sur la neige sont dispersés des lambeaux de couvertures et de toile, et je sais ce qui est arrivé. Ses chiens ont dévoré leurs harnais et il en a fait d'autres avec ses couvertures. L'homme et la femme regardent ce spectacle et un frisson me court dans le dos comme un vent froid sur la peau. Leurs yeux hagards de fatigue et de faim brûlent comme du feu, enfoncés dans leur tête. Leurs visages sont comme ceux des gens morts de faim et leurs joues sont noires d'avoir été gelées. « Allons », dit l'homme. Mais la femme tousse et tombe dans la neige, c'est la toux sèche des poumons mordus par la gelée. Elle tousse pendant longtemps, puis comme une morte qui sort de sa fosse, elle se met sur ses pieds. Les larmes sont de glace sur ses joues, son haleine est bruyante chaque fois qu'elle respire et elle dit : « Allons. »

« Nous continuons et nous marchons en rêve dans le silence et, alors que nous marchons en rêve nous n'éprouvons pas de douleurs et quand nous tombons, c'est le réveil, et nous voyons la neige, les montagnes, la piste fraîche de l'homme qui est devant nous, et nous sentons tous notre douleur une fois encore.

« Nous arrivons à un endroit où nous pouvons voir loin sur la neige, et ce qu'ils cherchent est devant eux. A plus d'un kilomètre de distance, il y a des points noirs sur la neige : les points noirs remuent. Mes yeux sont brouillés et je dois raviver mon âme pour voir. Et j'aperçois un homme avec des chiens et un traîneau. Les louveteaux voient eux aussi. Ils ne peuvent plus parler, mais ils disent à voix base : « En avant, en avant, dépêchons-nous ! »

« Ils tombent, mais ils continuent. Quant à l'homme qui est devant nous, ses harnais faits de couvertures cassent souvent et il doit s'arrêter pour les réparer. Nos harnais sont en bon état, mais j'ai dû les pendre à un arbre chaque nuit. A onze heures, l'homme est à huit cents mètres ; à une heure, plus qu'à quatre cents. Il est très faible ; nous le voyons tomber dans la neige plusieurs fois. Un de ses chiens ne peut plus marcher, il coupe ses harnais et le laisse aller. Mais il ne le tue pas. Je le tue d'un coup de hache en passant comme je tue l'un de mes chiens quand ses pattes ne le portent plus et qu'il ne peut plus avancer.

« Maintenant trois cents mètres nous séparent. Nous allons très lentement, peut-être à une allure d'un kilomètre cinq cents par deux ou trois heures. Nous ne marchons pas ; nous tombons tout le temps. Nous nous remettons sur pied, chancelons deux ou trois pas et tombons encore. Et chaque fois, il faut que j'aide l'homme et la femme. Parfois ils se remettent sur les genoux et tombent en avant, peut-être quatre ou cinq fois avant d'être de nouveau sur pied. Mais ils s'affalent toujours en avant, qu'ils soient debout ou à genoux et, chaque fois, ils gagnent du terrain d'une longueur de leur corps.

« Parfois ils avancent à quatre pattes comme les animaux qui vivent dans la forêt. Nous allons comme des escargots qui vont mourir ; et cependant nous allons plus vite que l'homme qui est devant nous. En effet, lui aussi tombe tout le temps, et il n'a pas de Sitka Charley pour l'aider. Maintenant il est à deux cents mètres, longtemps après il est à cent mètres.

« C'est drôle à regarder, j'ai envie de rire tout haut, ha ! ha ! comme ça, tellement c'est drôle. C'est une course d'hommes morts et de chiens morts. C'est comme un mauvais rêve dans lequel tu cours très vite pour sauver ta peau, et tu vas très lentement. L'homme qui est avec moi est fou, la femme aussi. Tout le monde est fou, et j'ai envie de rire tellement c'est drôle.

« L'inconnu qui est devant nous laisse ses chiens derrière lui et va seul à travers la neige. Longtemps après, nous arrivons près des chiens ; ils sont couchés sans force dans la neige, avec leurs harnais faits de couvertures et de toile sur eux, le traîneau derrière eux et quand nous les dépassons, ils crient et pleurent comme des enfants qui ont faim.

« Alors nous aussi, nous laissons les chiens en arrière et nous allons seuls sur la neige. L'homme et la femme sont presque à bout ; ils murmurent, geignent et sanglotent, mais ils marchent. Moi aussi, je vais de l'avant. Je n'ai qu'une seule pensée : atteindre l'inconnu. Alors je pourrai me reposer, mais pas avant, et il me semble que je me coucherais et dormirais pendant mille ans, tellement je suis épuisé.

« L'inconnu est à cinquante mètres, tout seul dans la neige blanche. Il tombe, rampe, chancelle, tombe et rampe de nouveau. Il est comme un animal grièvement blessé qui tente d'échapper au chasseur. Peu à peu il va à quatre pattes, il ne tient plus debout. L'homme et la femme ne sont plus capables de rester debout ; eux aussi rampent après lui à quatre pattes. Mais moi je suis debout : parfois je tombe mais je me relève toujours.

« C'est étrange à voir. Tout est neige et silence et au milieu de tout ça, l'homme et la femme se traînent derrière l'inconnu. De chaque côté du soleil, il y a les soleils, il y a trois soleils dans le ciel. La poussière de la gelée est comme la poussière du diamant et l'air en est plein. Ici la femme tousse et reste tranquille dans la neige en attendant que la quinte soit passée, puis elle continue à se traîner. L'homme regarde en avant, ses yeux sont chassieux comme sous l'effet de la vieillesse et il lui faut les frotter afin de voir l'inconnu. Et maintenant l'inconnu regarde par-dessus son épaule. Et Sitka Charley debout, tombe et se relève.

« Longtemps après, l'inconnu ne se traîne plus. Il se met lentement sur ses pieds et titube d'avant en arrière. Il enlève une moufle et attend le revolver en main, le corps toujours oscillant. La figure n'est que peau et os, et noire d'avoir été gelée. C'est un visage d'affamé : les yeux sont enfoncés et les lèvres sont hargneuses. L'homme et la femme eux aussi se mettent debout et s'avancent très lentement vers lui. Partout ce n'est que neige et silence, et dans le ciel il y a trois soleils et l'air brille de la poussière de diamants.

« Et c'est ainsi que moi, Sitka Charley, j'ai vu les louveteaux à la curée. Pas un mot ; seulement l'inconnu grogne et montre sa figure d'affamé. Son corps se balance, ses épaules tombent, ses genoux plient et ses jambes sont écartées pour garder l'équilibre. L'homme et la femme s'arrêtent peut-être à vingt mètres. Ils écartent leurs jambes eux aussi pour ne pas tomber, et leurs corps se balancent. L'inconnu est très faible, son bras tremble et lorsqu'il tire sur l'homme, la balle se perd dans la neige. L'homme ne peut pas enlever sa moufle : l'inconnu tire encore, mais cette fois la balle se perd en l'air. Alors l'homme prend le gant entre ses dents et le tire, mais sa main est gelée et il ne peut pas tenir le revolver qui tombe dans la neige.

« Je regarde la femme : elle a enlevé sa moufle et tient le gros Colt. Elle tire trois fois, coup sur coup. La face affamée de l'inconnu est encore hargneuse tandis qu'il tombe en avant dans la neige.

« Ils ne regardent pas le mort, et disent : « Allons. » Et nous allons ; mais maintenant qu'ils ont trouvé ce qu'ils cherchaient, ils sont comme morts. La dernière étincelle de force est sortie d'eux, ils ne peuvent plus se tenir sur leurs jambes. Ils ne veulent pas se traîner mais ne demandent qu'à fermer les yeux et à dormir. Je vois non loin un endroit pour camper : je leur donne des coups de pied, je les frappe de mon fouet à chiens, ils pleurent tout haut, mais ils se traînent jusqu'à l'emplacement du camp. J'allume donc un feu pour les empêcher de geler et je vais chercher le traîneau. Je tue aussi les chiens de l'inconnu afin que nous ayons de la nourriture et que nous ne mourrions pas. Je mets l'homme et la femme dans leurs couvertures et ils s'endorment. De temps à autre, je les réveille pour leur donner un peu à manger. Ils ne se réveillent pas mais mangent. La femme dort pendant une demi-journée, puis se réveille et se rendort. L'homme dort deux jours, se réveille et se rendort. Après ça nous descendons vers la côte, à Saint-Michel, et quand la glace disparaît de la mer de Behring, l'homme et la femme prennent le bateau à vapeur. Mais d'abord ils me payent mes sept cent cinquante dollars par mois et me font cadeau de mille dollars. Et c'est cette année-là que Sitka Charley a donné beaucoup d'argent à la Mission de Sainte-Croix.

— Mais pourquoi ont-ils tué l'homme ? demandai-je.

Sitka Charley ne répondit pas avant d'avoir allumé sa pipe. Il regarda l'illustration de la *Gazette de Police* et secoua la tête familièrement. Puis il dit lentement et d'un air songeur :

— J'ai beaucoup réfléchi : je ne sais pas. C'est quelque chose qui est arrivé, c'est une image que je me rappelle. C'est comme de regarder par la fenêtre et de voir l'homme en train d'écrire une lettre. Ils sont entrés dans ma vie et ils en sont sortis ; l'image est comme je l'ai décrite, sans commencement, et avec une fin incompréhensible.

— Tu as peint de nombreux tableaux dans ton récit, lui dis-je.

— Oui, fit-il en secouant la tête, mais ils sont sans commencement ni fin.

— Le dernier tableau a une fin.

— Oui, mais quelle fin ?

— C'était un morceau de vie, dis-je.

— Oui, répondit-il, un morceau de vie.

VIII

NEGORE LE LACHE

Depuis onze jours, il suivait la piste de sa tribu qui s'enfuyait et sa poursuite ressemblait à une retraite, car il savait bien que derrière lui il y avait les Russes redoutables qui, marchant par les plaines marécageuses et les montagnes abruptes, ne cherchaient autre chose que d'exterminer tous les siens. Il voyageait légèrement chargé : une fourrure de peau de lapin pour la nuit ; un rifle qui se chargeait par le canon et quelques livres de saumon séché au soleil formaient tout son bagage. Il aurait été étonné qu'une tribu entière, hommes, femmes, enfants et vieux, pût marcher si rapidement, s'il n'avait pas connu la terreur qui les chassait.

C'était à l'époque où les Russes occupaient l'Alaska, alors que le XIXe siècle n'avait parcouru que la moitié de son cours, que Negore partit sur les traces de sa tribu en fuite, qu'il rejoignit un soir d'été, près des sources du Peelat. Quoiqu'on fût aux environs de minuit, il faisait plein jour lorsqu'il traversa le misérable camp. Beaucoup le virent, tous le connaissaient ; mais les saluts qu'il reçut furent froids et peu nombreux.

— Negore le lâche, entendit-il dire en riant à Illiha, une jeune femme ; et Sun-ne, la fille de sa sœur, rit avec elle.

Une colère noire lui rongeait le cœur ; mais il n'en fit rien paraître alors qu'il passait parmi les feux de camp, jusqu'au bivouac où un vieil homme était assis. Une jeune femme massait de ses doigts habiles les muscles fatigués des jambes du vieillard. Celui-ci releva une figure d'aveugle et écouta de toutes ses oreilles craquer une branche morte sous le pied de Negore.

— Qui vient ? demanda-t-il d'une voix grêle et tremblante.

Le visage de Negore était sans expression ; pendant de longues minutes il resta debout, dans l'attente. Le vieillard avait laissé retomber sa tête sur sa poitrine. La jeune femme à genoux pressait et pinçait les muscles affaiblis, et sa tête penchée était comme cachée dans le nuage de sa riche chevelure noire. Negore regarda le corps agile qui ployait aux hanches tel celui d'un lynx, souple comme une jeune branche de saule, tout en étant fort comme la jeunesse seule est forte. Il regarda et sentit un grand désir qui ressemblait à la faim et dit :

— N'y a-t-il pas d'accueil pour Negore qui, absent depuis longtemps, revient maintenant ?

Elle le regarda froidement : le vieillard se mit à rire tout bas comme font les vieux.

— Oona, tu es ma femme, dit Negore élevant une voix chargée de menace.

Elle se leva de toute sa hauteur avec la rapidité et l'aisance d'une chatte, les yeux brillants et les narines palpitantes comme celle d'une biche.

— Je devais être ta femme, Negore, mais tu es un lâche, la fille du vieux Kinoos ne s'allie pas avec un lâche.

Elle lui ferma la bouche d'un geste de commandement alors qu'il allait parler.

— Le vieux Kinoos et moi, nous sommes arrivés parmi vous, venant d'une terre étrangère. Ta tribu nous a réchauffés sans demander d'où nous venions ni pourquoi nous étions venus. Ils croyaient que le vieux Kinoos avait perdu ses yeux de vieillesse ; Kinoos et moi le leur avons laissé croire. Le vieux Kinoos est un homme brave, mais il n'a jamais été un vantard. Et maintenant, quand je t'aurai dit comment la cécité lui est venue, tu sauras sans poser de questions, pourquoi la fille de Kinoos ne peut élever les enfants d'un lâche tel que toi.

Une fois encore, elle arrêta les paroles qu'il avait à la bouche.

— Sache, Negore, que si tu mettais bout à bout tous les voyages dans ce pays, tu n'arriverais pas à Sitka l'inconnue, sur la grande mer salée. Là il y a beaucoup de Russes, et leur loi est dure. De Sitka, le vieux Kinoos, qui était alors jeune, s'est enfui avec moi, qui étais une enfant, en m'emportant dans ses bras, vers les îles au milieu de la mer. La mort de ma mère est à l'origine de son malheur ; un Russe tué d'un épieu qui lui a traversé le dos et la poitrine, c'est l'histoire de la vengeance de Kinoos.

« Mais partout où nous fuyions et aussi loin que nous allions, nous trouvions toujours le Russe détesté. Kinoos n'avait pas peur, mais la vue des Russes lui faisait mal aux yeux. C'est pourquoi nous allions toujours plus loin, au travers des mers et des années, jusqu'à notre arrivée à la mer du Grand-Brouillard, Negore, dont tu as entendu parler, mais que tu n'as jamais vue. Nous vivions parmi maints peuples, et j'ai grandi : Kinoos vieilli n'a pas pris d'autre femme et moi je n'ai pas pris de mari.

« Enfin nous sommes arrivés à Pastolik où le Yukon se noie dans la mer du Grand-Brouillard. Là nous avons vécu longtemps parmi les hommes qui haïssaient les Russes. Mais parfois ces Russes venaient dans de grands bateaux et demandaient aux gens de Pastolik de leur montrer les îles innombrables du Yukon aux bouches nombreuses. Et quelquefois les hommes qu'ils prenaient pour les guider ne revenaient pas, si bien que les gens sont entrés en fureur et préparèrent un plan.

« Ainsi, quand un bateau est arrivé, le vieux Kinoos s'est avancé et a dit qu'il montrerait le chemin. Il était déjà un vieil homme et ses cheveux étaient blancs ; mais il n'avait pas peur. Et il était rusé, car il a mené le bateau là où la mer a un courant qui va vers la terre et où les vagues blanches battent une montagne appelée Romanoff. La mer a entraîné le bateau au milieu des vagues blanches et lui a ouvert les flancs. Alors sont arrivés tous les gens de Pastolik (c'était là leur plan) avec leurs épieux de guerre, leurs flèches et des fusils. Mais d'abord les Russes ont crevé les yeux du vieux Kinoos afin qu'il ne les guide jamais plus. Puis ils se sont battus avec le peuple de Pastolik, là où les vagues étaient blanches.

« Le chef de ces Russes était un certain Ivan ; c'est lui qui avec ses deux pouces a enlevé les yeux de Kinoos. C'est lui qui a lutté pour passer au travers des vagues blanches avec les deux hommes qui lui restaient de toute sa troupe ; et il est parti vers le nord, le long de la côte de la mer du Grand-Brouillard. Kinoos était sage : il ne pouvait plus voir et était impuissant comme un enfant. Il s'est enfui loin de la mer en remontant le grand Yukon, jusqu'à Nulato, et je l'ai accompagné.

« Voilà ce qu'a fait mon père Kinoos, un vieillard. Mais qu'a fait le jeune homme Negore ?

Une fois encore elle lui imposa silence.

— A Nulato, devant les portes du grand fort, il y a à peine quelques jours, j'ai vu de mes yeux Ivan, le Russe, celui qui a crevé les yeux de mon père, te cingler de son fouet et te battre comme un chien. Cela, je l'ai vu, et j'ai su que tu étais un lâche. Mais cette nuit-là, je ne t'ai pas vu quand tous les tiens, même les garçons qui ne sont pas encore en âge d'être chasseurs, sont tombés sur les Russes et les ont tous tués.

— Pas Ivan, dit Negore calmement. Il est même à nos trousses, et avec lui beaucoup de Russes qui viennent d'arriver par mer.

Oona ne fit pas d'effort pour cacher sa surprise et son chagrin en apprenant qu'Ivan n'était pas mort, et continua :

— Le jour, j'ai su que tu étais un lâche ; la nuit, alors que tous se battaient, même les jeunes garçons, je ne t'ai pas vu et j'ai compris que tu étais doublement lâche.

— As-tu fini ? complètement fini ? demanda Negore.

Elle secoua la tête et le regarda de côté, comme étonnée de ce qu'il eût quelque chose à dire.

— Sache donc que Negore n'est pas lâche, dit-il, et sa voix était très basse et calme. Sache que lorsque je n'étais encore qu'un garçon, j'ai voyagé seul jusqu'à l'endroit où le Yukon se noie dans la mer du Grand-Brouillard. Je suis allé jusqu'à Pastolik, même plus loin, dans le nord, le long du rivage de la mer. Cela je l'ai fait, étant gamin, et je n'étais pas lâche. Je n'étais pas lâche non plus lorsque, jeune homme, j'ai voyagé tout seul, en remontant le Yukon plus loin que personne, si loin que j'ai rencontré un peuple différent à visage blanc, qui vit dans un grand fort et qui parle une langue différente de celle des Russes. J'ai aussi tué le grand ours dans le district de Tanana, là où personne de ma tribu n'a jamais été. Je me suis battu tout seul contre les Naklukyets, et les Kaltags et les Sticks dans les régions lointaines. Ces faits qu'aucun homme ne connaît, je les raconte pour moi. Laisse ma tribu parler de moi, et de ce qu'elle m'a vu faire. Elle ne dira pas que Negore est un lâche.

Il termina plein de fierté et attendit.

— Ces choses-là sont arrivées avant ma venue dans le pays, dit-elle, je les ignore. Mais je sais ce que je sais, et je t'ai vu fouetté comme un chien le jour, et la nuit je ne t'ai pas vu au moment où le grand fort brûlait et que les hommes tuaient et étaient tués. De plus, les tiens t'appellent Negore le lâche. C'est désormais ton nom : Negore le lâche.

— Ce n'est pas un beau nom, grogna le vieux Kinoos.

— Kinoos, tu ne comprends pas, dit doucement Negore, mais je vais t'expliquer. Sache que j'étais à la chasse à l'ours en compagnie de Kamo-tah, le fils de ma mère, et Kamo-tah s'est battu avec un grand ours. Nous n'avions plus de viande depuis trois jours, et Kamo-tah n'avait pas le bras fort ni le pied agile.

« Et le grand ours l'a broyé comme ça, à faire craquer ses os comme du bois mort. C'est ainsi que je l'ai trouvé, très malade et geignant à terre. Comme il n'y avait pas de viande, je ne pouvais rien tuer pour lui donner à manger.

« Alors j'ai dit : « Je vais aller à Nulato te chercher de la nourriture et des hommes forts pour te porter au camp. » Et Kamo-tah a dit : « Va à Nulato et apporte-moi de la nourriture, mais ne raconte à personne ce qui m'est arrivé. Quand j'aurai mangé et que j'aurai repris des forces, je tuerai cet ours. Alors je retournerai à Nulato avec honneur, et personne ne pourra rire en disant que Kamo-tah a été vaincu par un ours. »

« J'ai suivi les recommandations de mon frère et quand, à mon retour à Nalato, Ivan le Russe m'a cinglé de son fouet à chiens, j'ai su que je ne devais pas me battre. Car personne ne savait que Kamo-tah était malade, geignant et affamé. Si je m'étais battu avec Ivan et si j'avais été tué, mon frère lui aussi serait mort. C'est pourquoi, Oona, tu m'as vu battu comme un chien. Puis j'ai entendu les *Shamans* et les chefs dire que les Russes avaient apporté une maladie étrange dans la tribu, qu'ils avaient tué nos hommes et volé nos femmes, et que le pays devait être purifié. Comme je le dis, j'ai entendu ce qu'on racontait ; j'ai compris qu'ils y étaient bien décidés, et que cette nuit-là, les Russes seraient tués. Mais il y avait mon frère Kamo-tah malade et geignant et sans viande. Je ne pouvais donc pas rester et combattre avec les hommes et les garçons.

« J'ai pris avec moi de la viande et du poisson, et les marques du fouet d'Ivan, et j'ai retrouvé Kamo-tah ; il ne geignait plus : il était mort. Alors, je suis retourné à Nulato, et il n'y avait plus de Nulato ; rien que des cendres là où était le grand fort, et les cadavres de beaucoup d'hommes. Et j'ai vu les Russes remonter le Yukon en bateau, venant de la mer, en grand nombre et j'ai vu Ivan sortir de sa cachette et parler avec eux. Le jour suivant, j'ai vu Ivan qui les menait sur les traces de la tribu. A cette heure, ils sont sur notre route, et me voilà, moi Negore, et je ne suis pas un lâche.

— C'est une histoire que j'entends, dit Oona,

d'une voix cependant plus douce qu'auparavant. Kamo-tah est mort et ne peut pas parler pour toi, et je ne sais que ce que je sais. Il faut que de mes propres yeux je reconnaisse que tu n'es pas un lâche.

Negore fit un geste d'impatience.

— Il y a différents moyens, ajouta-t-elle. Es-tu prêt à faire autant que le vieux Kinoos a fait ?

Il hocha la tête et attendit.

— D'après ce que tu dis, ces Russes sont encore à notre poursuite. Montre-leur le chemin, Negore, comme le vieux Kinoos l'a fait autrefois, de manière qu'ils viennent sans être préparés à l'endroit où nous les attendrons, à un passage au milieu des rochers. Tu sais, l'endroit où la paroi est haute et brisée. Alors nous les détruirons tous, même Ivan. Ils grimperont la muraille comme des mouches et quand ils seront à mi-chemin, nos hommes tomberont sur eux d'en haut et de chaque côté avec des épieux, des flèches et des fusils. Les femmes et les enfants, du sommet, détacheront de gros rochers qu'ils pousseront sur eux. Ce sera un grand jour, car tous les Russes seront tués, le pays sera nettoyé et Ivan même sera tué, lui qui a crevé les yeux de ton père, lui qui t'a cinglé de son fouet à chiens. Et il mourra comme un chien enragé, le souffle écrasé sous les rochers. Et quand le combat commencera, ce sera à toi, Negore, de ramper sans te laisser voir pour n'être pas tué.

— Eh bien, répondit-il, Negore leur montrera le chemin. Et après ?

— Alors, je serai ta femme, la femme de Negore, la femme de l'homme brave. Et tu chasseras de la viande pour moi et le vieux Kinoos et je cuirai ta nourriture et je te coudrai des peaux chaudes et solides et te ferai des mocassins à la façon de mon peuple qui est meilleure que celle de ton peuple. Et comme je l'ai dit, Negore, je serai ta femme, toujours ta femme, et je rendrai ta vie joyeuse. Chacun de tes jours sera une chanson et un rire et tu verras qu'Oona est différente des autres femmes, car elle a voyagé au loin, vécu dans des pays étranges ; elle connaît les hommes et les façons de leur plaire. Et dans ta vieillesse, elle te rendra encore heureux, et le souvenir que tu garderas d'elle alors que tu avais ta force, te sera doux, car tu sauras qu'elle a toujours été pour toi la paix et le repos et qu'elle a été une femme entre les autres femmes.

— C'est bien, dit Negore. (Et la faim qu'il avait d'elle lui rongeait le cœur, et ses bras se tendaient vers elle comme ceux d'un affamé se tendent vers la nourriture.)

— Quand tu auras montré le chemin, Negore, dit-elle durement. (Mais ses yeux étaient doux et pleins de passion, et il savait qu'elle le regardait comme jamais femme ne l'avait regardé auparavant.)

— C'est bien, dit-il d'un ton résolu en tournant sur ses talons. Je vais maintenant parler aux chefs pour qu'ils sachent que je pars montrer le chemin aux Russes.

— Negore ! mon homme, mon homme ! se dit-elle alors qu'elle le regardait s'éloigner ; mais elle le dit si bas que même le vieux Kinoos ne l'entendit pas. Pourtant, le vieillard, étant donné sa cécité, avait l'oreille très fine.

Trois jours plus tard, ayant malgré sa ruse, mal caché sa retraite, Negore fut déniché comme un rat et traîné devant Ivan, — Ivan le Terrible comme le nommaient les hommes de sa suite. Negore était armé d'un pauvre épieu à pointe d'os et tenait sa fourrure de lapin serrée sur son corps ; et bien que la journée fût chaude, il tremblait comme s'il avait la fièvre. Il secoua la tête pour montrer qu'il ne comprenait pas ce que lui disait Ivan, et indiqua qu'il était très fatigué et malade et qu'il ne désirait que s'asseoir et se reposer. Et il mettait la main sur son ventre pour montrer qu'il était malade, et qu'il grelottait de tous ses membres.

Mais Ivan avait avec lui un homme de Pastolik qui parlait la langue de Negore. Les questions qu'on lui posa sur sa tribu furent vaines et nombreuses. Enfin l'homme de Pastolik qui s'appelait Karduk dit :

— C'est l'ordre d'Ivan que tu sois fouetté jusqu'à ce que tu meures, si tu ne parles pas. Et sache, frère étranger, que lorsque je te dis que l'ordre d'Ivan est loi, je suis ton ami et non celui d'Ivan. C'est contre mon gré que je suis venu de mon pays près de la mer, et je désire garder la vie sauve, c'est pourquoi j'obéis à la volonté de mon maître, comme tu lui obéiras, frère étranger, si tu es sage et si tu désires vivre.

— Non, frère étranger, dit Negore, je ne sais pas de quel côté est allée ma tribu ; j'étais malade et ils se sont enfuis si vite que mes jambes se sont dérobées sous moi et je suis resté en arrière.

Negore attendit pendant que Karduk causait avec Ivan ; puis Negore s'aperçut que le visage du Russe s'assombrissait, et il vit les hommes venir de son côté en faisant claquer les lanières de leurs fouets. Alors saisi d'une peur panique, il cria tout haut qu'il était malade, qu'il ne savait rien, mais qu'il disait ce qu'il savait. Et après qu'il eut parlé, Ivan donna l'ordre à ses hommes d'avancer ; de chaque côté de Negore les hommes armés de fouets marchaient pour l'empêcher de se sauver. Il tenta de faire comprendre qu'il était faible à cause de sa maladie, et quand il chancelait et marchait moins vite qu'eux, ils abattaient les lanières de leurs fouets sur lui jusqu'à ce qu'il criât de douleur et retrouvât une force nouvelle. Et quand Karduk lui dit que tout irait bien une fois qu'on aurait rejoint sa tribu, il demanda : « Alors, est-ce que je pourrai me reposer et ne plus bouger ? »

Et sans cesse il demandait : « Alors, est-ce que je pourrai me reposer et ne plus bouger ? »

Epuisé, les yeux ternes, il regarda autour de lui ; il remarqua le nombre de soldats qu'avait Ivan et constata avec satisfaction que celui-ci ne reconnaissait pas en lui l'homme qu'il avait flagellé devant les portes du fort. Il y avait des chasseurs de Slavonie, à la peau blanche et aux muscles puissants ; des Finlandais petits et trapus qui avaient le nez plat et la figure ronde ; des demi-sang sibériens au nez en bec d'aigle ; des hommes maigres, les yeux bridés, qui avaient dans les veines du sang mongol et tartare aussi bien que du sang slave. Ils étaient tous des aventuriers sauvages et destructeurs, venus des pays lointains, de l'autre côté de la mer de Behring, qui dévastaient par le fer et par le feu le monde inconnu et nouveau dont ils pillaient la richesse en peaux et en fourrures. Negore les regarda d'un œil content et dans son imagination les vit écrasés, exterminés dans le passage des rochers. Et il voyait sans cesse dans cette même gorge le visage et la silhouette d'Oona, et sans cesse il entendait sa voix et ressentait le chaud regard de ses yeux. Mais pas un instant il n'oubliait de grelotter ni de chanceler à tous les accidents de la route, ni de crier sous la morsure du fouet. De plus, il avait peur de Karduk car il savait que ce n'était pas un homme digne de confiance : il avait l'œil faux et la langue agile, une langue trop bien pendue, pensait-il, pour la maladresse des paroles honnêtes.

Ils marchèrent tout le jour. Le lendemain,

lorsque Karduk l'interrogea sur l'ordre d'Ivan, il dit qu'il doutait qu'on rejoignît sa tribu avant le jour suivant ; mais Ivan ne croyait plus en rien, car le vieux Kinoos l'avait une fois guidé vers le chemin qui conduisait à l'eau blanche d'écume et à la bataille sanglante. Aussi lorsqu'ils arrivèrent au défilé parmi les rochers, il arrêta ses quarante hommes et demanda par l'entremise de Karduk si le chemin était libre.

Negore accorda un rapide coup d'œil au défilé. C'était un immense éboulis détaché de la muraille de rocher et qui, recouvert de buissons et de plantes grimpantes, aurait pu cacher plusieurs tribus.

Il secoua la tête.

— Non, il n'y a rien ici, fit-il, le chemin est ouvert.

Ivan parla de nouveau à Karduk et Karduk dit :

— Sache, frère étranger, que si tes paroles ne sont pas vraies et que si ta tribu bloque le passage et attaque Ivan et ses hommes, tu mourras sur-le-champ.

— Ma parole est droite, assura Negore, le chemin est libre.

Comme Ivan doutait encore, il ordonna à deux de ses chasseurs slavons d'avancer seuls ; deux autres hommes, sur son ordre, se placèrent de chaque côté de Negore. Ils braquèrent leurs fusils contre sa poitrine et attendirent. Tous attendirent ; et Negore savait que si une flèche volait ou si une lance était jetée, la mort serait pour lui. Les deux Slavons montèrent en avant, et à mesure de leur ascension leurs silhouettes s'amenuisaient ; quand arrivés en haut, ils agitèrent leurs chapeaux pour faire signe que tout allait bien, on aurait dit deux points noirs sur l'horizon. Les fusils furent écartés de la poitrine de Negore, et Ivan commanda à ses hommes de se mettre en route. Ivan était silencieux, perdu dans ses pensées. Pendant une heure il marcha comme intrigué, puis demanda à Negore par l'intermédiaire de Karduk :

— Comment savais-tu que la route était libre après l'avoir examinée si peu de temps ?

Negore songea aux petits oiseaux qu'il avait vus perchés parmi les rochers et sur les buissons, et il sourit, c'était si simple ; mais il haussa les épaules et ne répondit pas, car il songeait aussi à un autre passage parmi les rochers qu'on allait bientôt emprunter et d'où les petits oiseaux seraient tous partis. Il était content que Karduk fût venu de la grande Mer de Brouillard où il n'y a ni arbres ni buissons et où les hommes apprennent les choses de la mer, non celles de la terre et de la forêt.

Trois heures plus tard, alors que le soleil était au-dessus de leur tête, ils arrivèrent à un autre passage dans les rochers, Karduk dit :

— Regarde de tous tes yeux, frère étranger, et vois si le chemin est libre. Ivan ne va pas attendre cette fois que deux hommes aillent en avant.

Negore fit le guet, pendant que les deux hommes à ses côtés avaient le canon de leur fusil braqué contre sa poitrine. Il constata que les petits oiseaux étaient partis, et vit une fois la réflexion du soleil sur un canon de fusil. Et il pensa à Oona et à ses paroles : « Lorsque le combat commencera, il faudra que tu disparaisses discrètement, pour ne pas être tué. »

Il sentit les deux fusils appuyés contre sa poitrine ; cela n'était pas dans le plan qu'elle avait conçu ; il ne pourrait pas s'échapper, il serait le premier à mourir dès que le combat commencerait.

— Le chemin est libre, dit-il d'une voix ferme, feignant toujours d'avoir les yeux troublés et de grelotter de maladie.

Et ils partirent, Ivan et ses quarante hommes des contrées d'au-delà de la mer de Behring ; et Karduk, l'homme de Pastolik, et Negore qui avait toujours les deux fusils braqués contre lui. Ce fut une longue ascension ; ils ne pouvaient aller vite, mais il semblait à Negore qu'ils atteignaient très rapidement la moitié du chemin.

Un coup de fusil partit des rochers à droite et Negore entendit le cri de guerre de sa tribu. Pendant un moment, il vit les rochers et les buissons animés par les siens. Puis il se sentit déchiré par une flamme brûlante qui transperça tout son être, et alors qu'il tombait il connut l'agonie de la vie qui s'arrache de la chair pour se libérer.

Mais il retint sa vie avec la griffe d'un avare et refusa de la lâcher. Il respirait encore l'air qui mordait ses poumons avec une douceur douloureuse. Aveugle et sourd par instants, il percevait quelques brefs éclats de lumière, et entendait des sons confus. Il vit les chasseurs d'Ivan tomber, et ses propres frères, en plein carnage, qui remplissaient l'air du tumulte de leurs voix, et de leurs armes, et au sommet du passage les femmes et les enfants détachant de gros rochers qui bondissaient comme des choses animées et tombaient avec fracas.

Le soleil dansait au-dessus de lui dans le ciel, les grandes murailles chancelèrent et s'abattirent, alors que sa vue et son ouïe continuaient à faiblir. Et quand le grand Ivan tomba en travers de ses jambes, jeté là sans vie, écrasé par un roc, il se rappela les yeux aveugles du vieux Kinoos et fut heureux.

Puis les sons moururent, les fragments de roches ne tombèrent plus et il vit les gens de sa tribu s'avancer petit à petit, achevant les blessés sur leur passage. Près de lui, il entendit la lutte livrée par un puissant Slave qui ne voulait pas mourir et que les épieux avaient renversé.

Puis il aperçut au-dessus de lui le visage d'Oona et sentit ses bras autour de lui et, pendant un instant, le soleil s'arrêta et les grandes murailles restèrent droites et immobiles. « Tu es un homme brave, Negore. » Il l'entendit lui dire à l'oreille :

— Tu es mon homme, Negore.

Et durant cet instant, il vécut toute une existence de joie, de rire et de chansons dont elle lui avait parlé, et comme le soleil quittait le ciel, il sut que le souvenir qu'il gardait d'elle était doux, comme s'il avait été un vieillard.

Et même alors que le souvenir se fondait et mourait dans l'obscurité qui le couvrait, il connut entre ses bras l'accomplissement de toute la douceur et du repos qu'elle lui avait promis. Tandis que la nuit noire l'enveloppait, la tête sur le sein de la femme, il sentit une grande paix l'envahir, le crépuscule s'effacer, et il entra dans le mystère du silence.

ANNEXE

PERDU DANS LE PAYS DU SOLEIL DE MINUIT

par Augustus Bride
et J. K. Mac Donald

Traduction par F. Postif

L'histoire vécue des pérégrinations de Charles Bunn, qui faillit bien mourir de faim au cours des huit journées passées dans les montagnes sauvages des territoires arides de l'Arctique.

L'Américain Charles Bunn avait eu pour mission de rapporter des documents sur la géologie de l'Arctique, pour le compte du gouvernement canadien. Ces documents se trouvent actuellement à Edmonton, et devraient normalement rejoindre les Archives générales du dominion, ainsi que ce récit qui explique comment Bunn a pu les rapporter de ces territoires. C'est une histoire vraie, et nous la tenons des lèvres mêmes de Bunn. Ce dernier, d'ailleurs, est probablement, à l'heure où nous écrivons ces lignes, sur les chemins des territoires arides, en quête de nouvelles informations.

Bunn avait quitté la maison de ses parents, dans l'Oregon, il y a vingt-trois ans, alors qu'il n'était qu'un gamin en culottes courtes. Il avait commencé à travailler comme jockey (il ne pesait alors que quarante-trois kilos), et était devenu marqueur de vaches dans les montagnes du Montana, lorsque ses épaules étaient devenues trop larges pour qu'il puisse continuer à courir dans les courses de chevaux. Il s'occupa ensuite pendant deux ans de dressage de chevaux, puis devint conducteur de diligences dans le Montana. A trente ans, c'était un véritable expert dans l'art du revolver, et il tirait des deux mains. Deux autres années passées dans la brigade des pompiers d'Helena mirent ses muscles en condition parfaite pour grimper sur les montagnes, et c'est lui qui, en 1897, transporta un énorme appareil de cent quarante kilos à trois mille mètres de hauteur, sur le sommet de la montagne Vers-le-Soleil, dans le Montana. Ce théodolite devait servir à observer la pointe d'une autre montagne appelée Jackson.

Naturellement, Bunn fit partie des nombreux aventuriers qui émigrèrent vers le Klondike aux alentours de 1898. Et puis, en juin 1900, il rejoignit l'expédition géologique de J. M. Bell. Ce dernier avait été chargé par son oncle, le Dr Bell (de l'Inspection géologique du Canada), d'explorer les territoires situés au nord et à l'est du Grand lac de l'Ours, d'en faire un relevé géologique et de rechercher les gisements de minerai sur les rives de la Dease et de la Coppermine. C'est dans cette région que se trouve la fabuleuse Terre du Cuivre — et aucune carte valable n'en avait jamais encore été dressée.

L'équipe de Bell se composait de Bunn, de Campbell et de deux sang-mêlés, Tremblee et Sanderson. Elle quitta Fort Norman, sur le Mackenzie, à bord de deux canoës Peterborough, le 18 juin 1900. Le 1er août, les chercheurs abordaient une île rocheuse d'une des baies de la Dease, y installaient leur camp et cachaient la plus grande partie de leurs provisions et de leurs munitions, ainsi que l'un des canoës, dans une petite excavation de l'île. Puis ils reprirent le cours de la Dease le 2 août sur l'autre canoë, faisant route vers le nord-est.

Après sept heures d'un voyage épuisant, ils arrivèrent en vue d'un rapide. Ils mirent pied à terre, et commencèrent une marche d'une quarantaine de kilomètres, qui devait les amener sur les rives d'un petit affluent de la Coppermine. Ils suivirent cette rivière, tout en cherchant des gisements de cuivre. Mais le coude de la Coppermine qu'ils étaient censés rencontrer se trouvait beaucoup plus loin qu'il n'était indiqué sur les relevés topographiques de Bell. Aussi, tournant à angle droit, ils remontèrent vers le nord, et se dirigèrent vers un point nettement plus bas que l'affluent supposé de la Coppermine.

C'est pendant cette marche que Sanderson, l'un des métis, s'éloigna de la petite troupe et se perdit. Il transportait avec lui toutes les munitions. On passa toute la journée à l'attendre, vainement. Les hommes tuèrent, avec l'une des deux cartouches qui leur restaient, un caribou. Pensant que Sanderson reviendrait au campement, ils cachèrent pour lui la carcasse du caribou, se réservant les meilleurs morceaux, et reprirent leur voyage. Ils avaient laissé sur place les rognons, le cœur, la langue du caribou, ainsi qu'un petit morceau de lard et une boîte de cacao — mais Sanderson n'arrivait toujours pas. Bell estima que ça ne valait pas la peine de l'attendre plus longtemps, et, pensant qu'il retrouverait au moins le camp qu'ils avaient laissé sur la Dease quelques jours plus tôt, décida de reprendre la route. Ils furent bientôt en vue des terres désertées où se trouvaient les mines de cuivre. Bell avait pour mission spéciale de localiser autant que faire se pouvait une certaine montagne de cuivre, connue des Indiens seuls, et convoitée naturellement par d'autres explorateurs que lui.

C'était maintenant le 4 août, et Sanderson n'était toujours pas là. Bell choisit Campbell pour l'accompagner sur une montagne dont le sommet rocheux leur apparaissait à quelque distance, vers l'ouest. Il demanda à Bunn et à Tremblee de mettre à l'abri le reste de l'équipement dans l'une des boucles de la Dease, confiant à Bunn le sac d'échantillons géologiques (une vingtaine de kilos de pierres ramassées pendant l'expédition), et les carnets de route. Bunn transportait aussi avec lui une paire de couvertures, une moustiquaire, un fusil Winchester avec une seule cartouche, une poêle à frire, une bouilloire, un couteau de poche et un carnet. Il n'avait ni manteau ni veste, et il avait laissé sa montre et sa boussole à Bell. Tremblee n'avait pas de montre, lui non plus, et il n'avait avec lui qu'une couverture, une bouilloire, une veste en peau de caribou, une boîte — et un appareil de photos. Les mocassins de daim des deux hommes étaient très fatigués, et les seules provisions de bouche qu'ils avaient touchées lorsque l'équipe s'était scindée en deux consistaient en un petit morceau de lard bouilli et une boîte de cacao. Tremblee se chargea de tout cela, laissant à Bunn la Winchester et la dernière cartouche.

Bell et Campbell s'étaient mis en route vers l'ouest — Bunn et Tremblee prirent un raccourci qui devait les mener vers la Dease. Ce fut la dernière fois que Bunn vit Bell et son compagnon.

La neige tombe, sur les montagnes qui entourent le Grand lac de l'Ours, tous les mois de l'année. Le 5 août, le vent glacial de l'Arctique se mit à souffler en rafales huit heures durant, charriant une tempête de neige sur les croûtes calcaires et dans les fondrières, sifflant sur les marécages et déterrant la mousse, arrachant sur son passage les violettes polaires et les pavots, et aveuglant les voyageurs.

Bunn dit à Tremblee qu'il valait mieux s'arrêter. Tremblee avait bien des allumettes, mais il était impossible de construire un feu de mousse dans cette tempête. Ils recherchèrent alors un creux dans le rocher, se glissèrent dedans et s'endormirent. Lorsqu'ils se réveillèrent, leurs couvertures et leurs vêtements étaient humides et lourds comme du plomb. La nuit retombée, ils refirent leur campement, sans souper et sans feu — les deux hommes étaient nu-pieds. La nuit dure peu en cette saison, et, deux heures après s'être couchés, ils reprirent leur marche vagabonde. Pas de petit déjeuner, naturellement. Bunn avait encore son fusil — et sa cartouche intacte.

Vers cinq heures, un caribou mâle montra ses cornes recourbées au sommet d'un rocher, droit devant eux. Bunn plaça dans sa Winchester son unique cartouche, épaula et tira. Le coup partit, et l'animal détala.

Ils arrivèrent bientôt dans une sorte de petite crique, dans l'un des méandres de la Coppermine, et essayèrent de passer la rivière à gué, en marchant sur les cailloux. Sous le poids de son équipement, le pied de Bunn, à moitié paralysé par le froid, glissa sur une pierre. Bunn cria à Tremblee de l'attendre, car il pensait s'être foulé la cheville. Tremblee lui répondit sans même s'arrêter qu'il continuait, et qu'il allait faire un feu sur l'une des montagnes où ils étaient passés quelques jours auparavant. C'est la dernière fois que Bunn devait voir Tremblee — c'était aussi la première fois qu'ils n'étaient pas d'accord, depuis que le soleil de minuit avait fait son apparition, au mois de juin dernier.

Bunn, pouvant à peine se déplacer à clochepied avec son paquetage, avait espéré trouver un abri pour la nuit dans un campement d'Esquimaux qu'il avait aperçu la veille dans le lointain. Il se mit en route vers ce campement, et, une heure avant la tombée de la nuit, avait atteint l'endroit — mais il ne restait plus que quelques tas de cendres éteints, que quelques mottes de mousse brûlées, et quelques ossements de caribous épars. Le camp avait déménagé.

Bunn n'essaya pas de suivre à la trace les Esquimaux. Refermant son paquetage, il marcha jusqu'à la tombée de la nuit, et dressa son camp. C'est-à-dire qu'il s'arrêta au pied d'un rocher, appuya son fusil sur une motte de mousse, défit son paquetage et s'enroula dans les couvertures froides et mouillées, frissonnant et mort de froid. Sa cheville lui laissait un peu de répit, elle avait enflé et se trouvait maintenant être aussi grosse que son genou.

Le matin arriva, et toujours pas de Tremblee. Les perdrix blanches avaient commencé leur ronde infernale sur les collines, les fondrières, et l'on pouvait les voir tournoyer inlassablement aux quatre coins de l'horizon. Bunn passa bien une demi-heure à leur lancer des pierres dans l'espoir d'en attraper une pour son petit déjeuner, mais n'arriva même pas à les effrayer. Le caribou devient vite très familier lorsqu'il s'est rendu compte que le fusil que vous transportez n'est pas chargé. Eh bien, même cette familiarité devenait suspecte dans ce paysage détrempé et sans végétation. De la droite à la gauche, et d'avant en arrière, de tous côtés, rien que la grisaille du ciel et l'amoncellement des rochers, rien que la froide solitude, humide et démesurée.

Lorsqu'il estima que la situation de Bunn était désespérée, J. M. Bell écrivit à l'un des amis de Bunn, à Edmonton, pour lui dire qu'il savait Bunn difficile à abattre. Bunn, lui non plus, ne se sentait pas près d'être abattu — il savait qu'il devait atteindre, pour survivre, la terre des « petites aiguilles », là où les sapins morts et les autres conifères reposent en bordure du lac. C'était là le « titchin-nichili », comme l'appellent les Indiens Couteaux-Jaunes. Arrivé là, il serait à une demi-journée de marche de la cache.

Reprenant sa marche, il s'aperçut en jetant son paquetage par-dessus son épaule, que sa cheville foulée lui faisait de plus en plus mal et que son état empirait — il rejeta son paquetage vers la droite, pour rétablir l'équilibre, et se mit en route vers le sud-ouest, selon son idée. Il marchait face au soleil — face à ce soleil qui se cachait derrière d'éternels nuages gris. Bunn allait de rochers en marécages et de marécages en rochers, inlassablement, et, à chaque marécage, il se baissait pour ramasser les fruits détrempés qui y stagnaient. Il y a autant de nourriture dans ces fruits sauvages que dans les gouttes de rosée, pour un être humain.

Bien des fois, au cours de cette journée, Bunn s'était assis pour déchirer une bande de l'une de ses couvertures pour s'en faire des mocassins. Ses pieds étaient devenus raides, et lui faisaient mal — la marche difficile sur les rochers couverts de neige n'étaient pas faite pour arranger les choses. Sa cheville blessée le faisait souffrir, il sentait maintenant comme un morceau de viande à moitié cuite à l'extrémité de sa jambe. Il laissait sur la neige des traces rougeâtres, mais il savait bien qu'elles ne seraient d'aucune utilité à ses compagnons partis à sa recherche, car elles étaient immédiatement recouvertes par la neige, qui tombait en rafales sur les rochers.

Le voyageur se décida alors à grimper sur une montagne un peu plus haute que les autres pour inspecter le paysage. Après s'être hissé à son sommet, il laissa courir ses yeux sur la grisaille des rochers, sur les lacs cendreux et les joncs vert-de-gris, et sur les minuscules ruisseaux qui serpentaient d'un monticule à l'autre, mordant éternellement le rocher. Mais aucune « petite brindille », aucun sapin n'étaient en vue, pas la moindre pousse, aussi petite fût-elle. Bunn malgré tout ne se sentit pas encore perdu : il retourna à son paquetage, et pensa qu'il avait peut-être légèrement dévié de sa route. Il remit tout dans son sac, et recommença à se frayer un chemin à travers les fondrières. De nouveau l'ombre s'étala sur les mares détrempées. Bunn s'enroula une fois de plus dans ses couvertures, sur un petit tertre qui ressemblait à s'y méprendre à celui de la veille. Sa cheville lui faisait de plus en plus mal, mais il avait quand même réussi, au cours de la journée, à parcourir une bonne vingtaine de kilomètres. Mais s'il avait dansé une « danse du poteau », comme les Indiens avaient l'habitude de le faire, cela l'aurait certainement soulagé. Une nuit arctique sans mouches et sans moustiques est ce qu'on peut appeler une nuit tranquille, et, par bonheur, les rafales de neige qui avaient déferlé toute la journée les avaient presque tous tués. Les seuls cris que Bunn entendit cette nuit-là furent les appels solitaires et inarticulés d'un petit caribou, et, plus souvent, les hurlements affamés du loup de la forêt.

Le matin revint, avec ses éternels nuages. C'était le 8 août, et le troisième jour de sa randonnée solitaire. Il lui sembla, alors qu'il remettait son paquetage sur son dos, qu'ils étaient deux maintenant à faire route ensemble : lui, et la faim. Il mangea des baies qu'il ramassait dans les fondrières, et s'en gava jusqu'à la nausée. Il grignota alors la mousse. Les caribous mâles, perchés sur les talus (c'étaient les mêmes que ceux qu'il avait vus la veille), le dévisageaient avec une certaine curiosité, sans peur aucune. Il y avait assez de viande dans chacun d'entre eux pour lui procurer la nourriture d'une semaine, assez de peau pour confectionner un bon mois de bonnes chaussures. Il ne pouvait s'empêcher de croire — et cette idée lui était déjà venue une bonne centaine de fois — qu'il lui restait encore une dernière cartouche dans la poche arrière de sa culotte, alors qu'il savait bien qu'il n'y en avait plus. Il ouvrit aussi la culasse de son fusil : vide, elle aussi ! Mais l'habitude est la plus forte chez un homme habitué à circuler dans ces territoires arides : en dix années passées dans ces paysages, Bunn n'avait pas voyagé un seul jour sans cartouches. Il éleva instinctivement son fusil vide à hauteur d'épaule, l'ajusta à son œil, et pressa sur la détente. Puis il se mit à rire d'un rire formidable de sa propre folie — et ce fut de nouveau le silence de la nuit.

Les « titchin nichilies » n'étaient pas encore en vue, et il ne trouvait pas le sommeil. Il lui sembla alors que son estomac s'était fait serpent. Incapable de rester allongé, il refit son paquetage et se mit debout. Il déchira encore quelques lambeaux de ses couvertures pour se bander le pied, et repartit une fois encore, entraîné par la faim.

Au sommet d'une colline assez élevée, il jeta par habitude un regard dans l'une des fondrières. Un caribou mâle se tenait là, droit comme un i, au milieu des joncs épineux. Bunn posa délicatement son fusil à terre, se démit de son paquetage et retira de sa poche son couteau cranté. Tout en rampant, il l'ouvrit et s'approcha de l'animal suffisamment près pour l'entendre respirer. D'un autre mouvement de son corps, il progressa et put sentir l'haleine du caribou — il eut alors l'impression d'être devenu un loup. Il se voyait déjà en rêve sur l'échine de la bête, son couteau planté dans son cou jusqu'à la garde, et sentait dans le creux de sa main les gouttes de sang chaudes, et les soubresauts désespérés de l'animal qui mourait.

Mais l'odorat du caribou est développé, même si ses oreilles sont engourdies et qu'il fait sombre. Le chasseur était sur le point de jaillir avec l'énergie du désespoir dans le bourbier, lorsque la bête releva brusquement la tête, souffla bruyamment et disparut dans les joncs.

Et ce fut de nouveau la grisaille du matin et du ciel — les nuages semblaient encore plus désespérés dans ce paysage désertique où le désespoir se terrait partout. « Ker-ker-ker », c'était le piaillement des perdrix blanches, qui se levaient juste sous les pieds du voyageur et tournoyaient au-dessus des rochers. Bunn ne sentait plus la fatigue — à la place, ce serpent famélique tourmentait son estomac. Il continuait à ramasser les petites baies qui poussaient dans les fondrières, et prenait bien soin de ne faire tomber ni son fusil ni son paquetage. Ses doigts gourds fourrageaient dans les broussailles, au ras du sol, comme les dents d'une machine. S'il avait marché en direction des « titchin nichilies » jusque-là, il avait, ce quatrième jour, perdu tout sens de l'orientation. Il avait oublié Tremblee, il avait oublié Bell et la cache — il avait même oublié le poids qu'il portait sur son dos, et ne pensait qu'à la faim meurtrière qui était l'apanage de cette journée et qui le torturait.

Dans l'obscurité, Bunn se tordit une nouvelle fois la cheville sur une butée de terre, et trébucha. Ce n'était même plus la peine qu'il se relève, il aurait très bien pu rester comme cela, là ou ailleurs... La bouilloire roula sur le sol avec un bruit d'enfer et alla terminer sa course dans les touffes de jonc. Bunn ne fit aucun geste pour aller la récupérer — son cerveau avait cessé d'admettre qu'il avait faim, et, cette nuit-là, il s'assoupit pendant une demi-heure.

Comme les autres, le cinquième jour fit son apparition, tristement, un rayon de lumière blafarde perçant mollement la grisaille vaporeuse des nuages. Les jambes de Bunn lui firent mal lorsqu'il se releva, et sa langue remplissait sa bouche, pareille à un énorme morceau de fourrure — et son cœur battait dans sa poitrine comme s'il venait de faire un gros effort. Il déchira le dernier morceau d'une de ses couvertures pour en bander son pied, rattacha son sac d'échantillons, mit sa moustiquaire et son autre couverture sur son dos, et partit en emportant son fusil. Son paquetage n'était plus aussi lourd, car il avait abandonné la bouilloire, la poêle à frire et l'autre couverture. Mais il avait conservé le sac d'échantillons et les carnets de bord.

Bunn ne souffrait plus de la faim maintenant, et ne se souciait plus de rechercher de quoi manger. Instinctivement, de temps à autre, il grapillait un petit fruit, mais son estomac s'était apaisé. Il se demanda combien de temps se passerait jusqu'à ce que son cœur prenne la même attitude, et, pour la première fois de sa vie, se prit le pouls. Il tâtonna un bon moment avant de le découvrir, et commença alors à en compter les battements, mais sans pouvoir en tirer des conclusions : cinq coups démesurément lents, puis de grands coups et une suite impossible à suivre de battements redoublés. La machine, elle aussi, était devenue complètement folle.

C'est ce jour-là que Bunn regarda à travers les joncs pâles le creux d'un rocher : plus claire que le corps d'un caribou, plus claire que les volées blanches des perdrix sauvages, il aperçut la tête grise d'un loup. Ses oreilles pointues étaient dressées, et sa longue langue rose pendait au-dessus de ses crocs blancs. Mais lorsque ses yeux noirs et assoiffés de sang croisèrent ceux de Bunn, il rejeta en arrière sa tête d'un mouvement brusque, et s'enfuit, sans doute pour chasser un caribou malade ou un jeune égaré.

Ce même jour, Bunn entrevit des traces de bison dans la mousse et, un peu plus loin, il remarqua les restes d'un bison sur le bord d'un talus — le travail de quelque loup, sans doute ! Bunn bouscula du pied les cornes retournées qui restaient encore attachées au squelette de l'animal. « Le travail de quelque loup » ! Il se demanda ce que donnerait une pareille épitaphe si elle était inscrite au-dessus d'un sac d'échantillons minéralogiques, de deux carnets rongés par la mousse, d'un fusil rouillé et des restes décomposés d'un homme blanc. Il se prit à sourire, et continua son chemin.

Bunn s'arrêta souvent pour se reposer, ce jour-là, et une fois même, lorsqu'il se releva de la mousse où il s'était assis, il dut s'aider de son fusil pour se remettre debout et continuer à marcher. Il s'assit de nouveau, défit son paquetage, et abandonna la seule couverture qui lui restait et sa moustiquaire rendues pesantes par l'humidité. Cela allégerait d'autant le poids qu'il avait à porter. Il attacha de nouveau le sac d'échantilons, et le mit sur son dos.

Bunn passa la dernière demi-heure qui lui restait avant la tombée de la nuit à préparer son camp, tandis que les perdrix s'abattaient sur les tertres. Il choisit un rocher qui dominait un petit ruisseau, et se glissa dessous — il installa d'un côté son sac d'échantillons, et de l'autre son fusil vide, se carrant contre le rocher. De ce côté-là, du moins, il serait à l'abri des loups, et la saillie du rocher lui apportait quand même une petite protection.

Le femelle des petits caribous vint plus souvent cette nuit. Bunn s'imaginait presque chez lui, au milieu d'un très grand troupeau. Puis, le hurlement affamé et profond du loup vint rompre le silence. Bunn s'assit — il voulait dormir, mais combattait le sommeil et écoutait le loup. Cela faisait maintenant cinq jours complets qu'il luttait avec l'espoir de s'en tirer. Le loup tournait autour de lui, le sachant perdu. Bunn chercha instinctivement son couteau, l'ouvrit, et s'assit le dos contre le rocher. Peu après, l'obscurité grisâtre des buissons et des fondrières s'éclaira timidement, et ses yeux fatigués se reposèrent un instant dans la contemplation du petit ruisseau qui serpentait à ses pieds. Une étoile s'était installée dans son lit. Bunn leva les yeux au ciel, et vit les nuages cendreux s'effriter. Le matin revint, et, pour la première fois depuis sept jours, Bunn revit le soleil. Il émergeait au milieu d'un paquet de nuages sales, et se trouvait au moins à quarante degrés à l'est de la précédente direction de Bunn — celui-ci avait donc marché vers le sud-est, dans le bassin de la Coppermine, et se trouvait complètement à l'opposé de la cachette que Bell avait faite, sur les rives de la Dease, et bien sûr, très éloigné du bassin de la Dease ! Le pays du « titchin nichilie » devait être au moins à soixante degrés à droite de sa ligne de voyage.

Bunn gagna avec peine le sommet de la butte la plus proche qu'il pouvait voir dans la direction où il allait, et, une fois là, s'appuya sur son fusil et se prit à admirer le théâtre de ses divagations. La lumière du soleil frappait les rochers rabougris, les herbes et les mousses des marécages, les obscurs bourbiers et le scintillement des ruisseaux, les caribous gris et les perdrix blanches. Mais toujours pas de « titchin-nichilies », toujours pas de « pays aux petites aiguilles ».

Il ouvrit alors son sac d'échantillons et en laissa choir le contenu par terre. Il choisit sept ou huit pierres parmi les plus intéressantes, les fit rentrer dans sa poche arrière, avec ses carnets et son couteau — il garderait au moins celles-là pour le gouvernement. Il déchira jusqu'aux genoux les jambes de son pantalon, et s'en banda les pieds. Puis il se remit en route — il n'avait conservé que son fusil vide à la main, et était arrivé, peu à peu, à ne garder que l'essentiel.

Puis ce fut le sixième jour. Bunn remontait maintenant du sud vers l'ouest, dans la direction du lac. Il devrait en atteindre un bras dans la journée et, avec un peu de chance, il pourrait tomber sur l'un des campements laissés vides par les Couteaux-Jaunes, ou bien même sur un poisson mort, sans aller trop loin. Car il sentait bien que son sang était affamé, lui, si son estomac avait cessé de l'être.

Le soleil se faufilait vers l'horizon, jetant un dernier éclat sur l'étroite trouée qu'il se faisait dans le ciel, aspirant l'eau bourbeuse des fondrières en un mélange vaporeux, dans lequel voletaient les mouches noires et les gros moustiques de l'Arctique. Leur sommeil forcé de six jours dans la neige les avait rendus agressifs. Les caribous les chassaient à grands coups de leurs énormes cornes, et s'enfonçaient dans les marécages pour échapper à leurs assauts. La piqûre de la mouche noire laisse sur le corps humain une pustule brûlante et empoisonnée, de la grosseur d'un bouton de culotte. Quant au moustique de l'Arctique, s'il est moins venimeux, il se gorge du sang de sa victime, goulûment. Ils piquaient Bunn à travers sa chemise, et s'agglutinaient sur les jambes nues et sur son cou.

Bunn continuait sa marche, les laissant le piquer et le dévorer — il fallait bien qu'il en prenne l'habitude, tant qu'il avait encore sur lui sa chemise. Il se rendait bien compte qu'il devrait, d'une minute à l'autre, la retirer pour en faire de nouveaux bandages pour ses pieds, et ça n'était vraiment qu'une question de temps. Ce sixième jour, il s'aperçut que son ombre le suivait, et qu'elle semblait avoir une certaine consistance. Dans ses moments de folie, il se mit à lui parler, et, dans ses moments de lucidité, il se rendit compte de cela. Puis le soleil se coucha et l'ombre vint prendre possession de son domaine. Laissant errer son regard vers les marécages, Bunn y découvrit un vieux loup et sa compagne. Puis il déchira la manche gauche de sa chemise, la seule qui restait, et en fit de nouveaux bandages. Les étoiles commencèrent à danser au-dessus des fondrières, et Bunn continua sa marche solitaire. Il sentait grandir en lui un besoin impérieux de dormir, mais luttait comme un forcené contre le sommeil, car il savait qu'aucun être vivant ne dort bien longtemps dans ces territoires arides, où rôde partout le loup affamé. Bunn avait encore son fusil et son couteau : son fusil l'empêcherait de mourir de faim s'il arrivait à atteindre la cachette où se trouvaient les cartouches, sur la baie de la Dease. Quant à son couteau, il pouvait lui permettre, en tenant le loup en respect, à arriver à cette cachette. Une fois sur la Dease, les chances de Bunn de ramener à la civilisation les carnets de voyage et les échantillons restaient intactes.

La Grande Ourse roulait son chariot juste au-dessus de lui, et c'était déjà le septième jour.

Bunn remarqua, en regardant son ombre démesurée, que son chapeau de cow-boy avait disparu. Il fit un effort pour se remémorer l'endroit où il avait bien pu le perdre, mais en vain. Il s'en était probablement servi pour chasser les moustiques, et l'avait laissé tomber quelque part. Il s'assit, et redéchira un pan de sa chemise pour en bander ses pieds. La chaleur du soleil enflammait sa pauvre tête, et les mouches noires et les moustiques s'acharnaient sur son cou dénudé, ses jambes et ses épaules. Il n'avait même plus la force de les chasser — ils le torturaient, et lui ne s'en rendait même plus compte. Il sentait son corps s'engourdir, comme son estomac l'avait fait depuis longtemps. Les seules sensations qu'il lui semblait encore percevoir concernaient vaguement l'heure, l'espace et le mouvement. Son cœur continuait à battre comme à l'accoutumée, et son cerveau se mettait étrangement à l'unisson. Plusieurs fois, pendant cette journée, Bunn se surprit à parler avec ses anciens compagnons. De quoi était-il question, il n'aurait pu le dire, mais il pense qu'il devait s'agir des canoës, des caribous, et des minerais de cuivre dans le sac d'échantillons. C'est alors qu'ils voyait les loups gris se détacher des rochers gris, et qu'il avait conscience de sa solitude désespérée — inconsciemment, il remettait la main sur son couteau pour en sentir la présence. La lutte devenait plus serrée.

Les loups vinrent rôder à moins de deux cents mètres de lui, cette nuit-là. Bunn tint bon, tant que cela fut possible. Puis il s'assit sur un petit monticule. Le hurlement des loups martelait le creux des rochers et, dans les intervalles de silence, il pouvait sentir son cœur frapper sa poitrine, comme des bottes qui marquent le pas.

Il y a une très grande et très puissante pulsation dans le cœur de l'homme qui lâche prise dans la vie, comme si l'univers tout entier venait lui prêter main forte. Le cœur de Bunn résistait encore dans sa lutte pour la vie, et son cerveau luttait encore dans ce combat inégal. Mais à cet instant précis, tout semblait abandonner Bunn : son cerveau et son cœur allaient bientôt cesser de fonctionner, et tout espoir semblait parti. Il se dit à lui-même, cette nuit-là, que tout était terminé. Il regarda une dernière fois les étoiles trembler dans les marécages, au loin, et ferma les yeux. Il vit alors, comme dans un rêve, des visages familiers — non pas ceux de ses compagnons d'expédition, non, mais les figures de ses amis, et surtout de deux vieilles gens qu'il avait connues il y avait bien longtemps, dans le Montana.

Les accents lugubres du loup traversèrent sa rêverie, et il se réveilla en sursaut. Son cerveau avait appris à obéir à ce cri, et avait conditionné son corps. Les étoiles disparaissaient des marécages, qui s'auréolaient d'une étrange lueur rougeâtre. Le soleil blafard se frayait un chemin dans le ciel, au-dessus des pierrailles éternelles. C'était déjà le huitième jour.

Bunn appliqua la crosse de son fusil sur la mousse, et s'appuya dessus pour se relever. Son cœur se mit à battre deux fois plus vite, et ses pulsations sauvages lui coupèrent le souffle, alors qu'il se penchait au-dessus d'une rigole pour en boire un peu d'eau. Pendant un certain temps, comme il se tenait là, incapable de se relever, il put regarder son propre visage dans le frisson de l'eau. Il commença à prendre peur. Il ne déchira plus de bouts de sa chemise pour en protéger ses pieds, car c'étaient maintenant des objets morts. Il monta sur un mamelon dès qu'il put en trouver un assez haut pour inspecter l'horizon, et, appuyé sur son fusil, regarda autour de lui. Non, rien n'était assez élevé pour tenir le corps d'un homme hors d'atteinte, et il n'y avait pas non plus de creux assez profond pour qu'il puisse s'y glisser. Les territoires arides ne connaissaient qu'un seul tombeau pour le caribou malade ou le voyageur égaré : le ventre d'un loup. Bunn pouvait en apercevoir un petit groupe dans les marécages, juste devant lui — et qui attendaient. Ce n'était pas la peine d'aller plus loin.

La ligne d'horizon semblait reculer ses limites au fur et à mesure qu'il regardait, et ses yeux à moitié clos s'agrandissaient — il essayait de dissiper le brouillard qui tournoyait autour de lui. Le halo bleuâtre se mit à se mélanger curieusement dans le ciel et, surgi de l'obscurité, il entrevit un mirage. Bunn avait déjà vu des mirages dans sa vie, mais jamais un comme celui-ci. Il balaya les moustiques de ses yeux gonflés, et regarda de nouveau. Il était encore là — un rond grisâtre, allongé, et des branches sans feuilles dressées comme des doigts morts, émergeant d'une forme verte, engourdie et semblant comme morte. C'était le « titchin-nichili », le « pays des petites aiguilles ».

Ses yeux se portèrent sur la gauche, et s'attardèrent sur une tache bleue tranquille : le lac ! Il en suivit la courbe, et remarqua quelque chose qui lui donna envie de crier de joie, bien qu'il en fût incapable. Entre les souches des arbres et l'eau, il y avait quelques « teepees ». Bunn avait vu assez de « teepees » pour savoir que ce sont des cabanes à ciel ouvert que construisent les Couteaux-Jaunes pour y loger leurs caribous. Il ne pouvait pas les dénombrer, mais c'était un de leurs grands camps, juste au bord de la boucle du lac, et à un peu plus de dix kilomètres.

Bunn descendit de son observatoire, et se remit en route. S'il pouvait atteindre ce camp avant que son cœur ne cesse de battre, il serait sauvé. Sinon — mais il n'osait pas envisager cette éventualité. Toutes les fois qu'il s'arrêtait pour sucer un brin de mousse humide, son cœur se remettait à battre la chamade. Il se reposait et se mettait en route comme un automate. Il atteignit enfin les « titchin-nichilies ». Arrivé là, il se fraya un difficile chemin à travers les herbes desséchées. Il ne pouvait encore apercevoir le campement, mais le vent qui sifflait au ras des broussailles lui dit qu'il approchait du lac. Il franchit le dernier kilomètre sur les genoux et sur les mains, en traînant son fusil, et arriva au bord d'un petit marécage. A travers la surface boueuse du marécage, il put entrevoir les vastes huttes, sur la baie. Il n'y avait aucun bruit, aucune fumée. Une rangée de canoës de bouleau était alignée sur la rive. Quelques tas de bois à brûler et quelques filets de pêche qui pendaient sur un morceau de bois sec — c'était là tout ce que Bunn pouvait voir. C'était un village déserté des territoires arides. Ses habitants étaient partis vers le nord à la chasse au caribou, et le seul signe de vie alentour, c'était un loup gris posté au bord du camp, près du marécage. Bunn était assez près de lui pour pouvoir lui compter les côtes.

Bunn plongea dans le marécage, et le loup disparut furtivement parmi les « teepees ». Les jambes de Bunn s'enfonçaient dans l'eau bourbeuse jusqu'aux genoux, et lorsqu'il ressortit son pied droit, il disparut jusqu'à la taille. Il se jeta à plat, et se roula doucement, lui et son fusil, de l'autre côté de la mare — puis il réussit à monter sur un petit promontoire. Il retira la boue qui s'était collée à ses paupières, et rampa jusqu'au « teepee » le plus proche. Il était vide — ni feu, ni nourriture. Bunn n'osa pas s'y reposer, et chercha partout, jusqu'à ce qu'il trouve un filet de pêche, accroché à un bout de bois dans la case. Avec son couteau, il fit quelques flotteurs avec une branche de sapin, et choisit quelques pierres pour alourdir le filet, et sortit pour aller vers la baie. Trente canoës en sapin aussi léger que du liège étaient alignés au bord de l'eau. Bunn en mit un à l'eau, et lança son filet. Quelques minutes plus tard, il en avait retiré six gros « tunapees ».

Bunn ne mangea pas ces poissons vivants. Si l'on considère ce qu'il pouvait ressentir, Bunn n'était qu'un cadavre, et un cadavre n'a pas faim. C'est à son cerveau seul que Bunn obéit lorsqu'il amena les poissons dans le « teepee », les jeta sur les grosses branches de sapin, et chercha tranquillement des allumettes. Il découvrit un « musk-a-moot », la peau des pattes d'un caribou cousue en une longue poche par les squaws, et qui servait de sac de camp. Dans le « musk-a-moot », il trouva une poignée d'allumettes dans une poche de peau de daim. Il construisit un feu, jeta les six « tunapees » dans les flammes, pour les faire griller dans leurs écailles — et s'installa pour attendre la fin de la cuisson.

Les poissons commencèrent à crépiter dans les flammes, et leur odeur emplit le « teepee ». Soudain excité par l'odeur, comme s'il avait été tiré de son rêve par un coup de fer chaud, il sentit comme un bouillonnement de faim. Il s'approcha du feu, et, écartant les poissons, en saisit un — et avec la voracité d'un loup affamé, il enfonça ses dents dans le corps du poisson à moitié cuit, et le dévora complètement. Il fit subir le même sort à un autre poisson, puis à un troisième, en engloutissant tout sauf la queue. Alors le « teepee » commença à danser tout autour de lui, il tomba par terre et se mit à vomir.

Combien de temps s'écoula-t-il jusqu'à ce qu'il entende des voix au-dehors, il ne pourrait le dire même maintenant. Le rebord du « teepee » remua, et la tête bandée aux cheveux noirs d'un jeune garçon Couteau-Jaune, un « chilakee » comme on dit, apparut — ses épaules étaient recouvertes d'une chemise de peau. Il disparut, et Bunn put l'entendre discuter fortement avec d'autres garçons. Le rebord du « teepee » remua encore, et le « chilakee » le dévisagea de nouveau avec des yeux exorbités. Puis il se retourna et fit claquer ses deux index sur les bords de sa bouche, en un signe qui voulait dire à ceux qui étaient restés derrière qu'un « huskie » se trouvait dans le camp. Ce qu'ils se dirent en hurlant à l'extérieur du « teepee », Bunn n'en a pas la moindre idée, mais lorsque le bord du « teepee » remua de nouveau, la tête du « chilakee » était prolongée par le canon rouillé d'un très vieux fusil.

Bunn remua la tête, et fit quelques gestes appropriés pour montrer qu'il n'était pas un de ces « huskies » ennemis, mais plus simplement un homme blanc perdu, affamé et malade. Le fusil s'abaissa lentement, et, après plusieurs minutes d'un palabre passionné, quatre enfants indiens entrèrent.

Ils firent bouillir un morceau de caribou frais, et lui donnèrent à boire le bouillon. Il vomit le tout avec le reste des poissons qu'il avait mangés. Puis il s'étendit dans un demi-sommeil près du feu, laissant cuire sur son corps à moitié nu et sur sa figure la boue des marécages. Les Couteaux-Jaunes ne lavèrent pas Bunn, et ils ne lui donnèrent pas non plus de whisky, car ils n'avaient jamais encore goûté à l'alcool de l'homme blanc. Ils lui firent simplement boire de la soupe de caribou, jusqu'à ce qu'il tombe de sommeil. Puis ils le laissèrent seul, et partirent pour la pêche. Bunn a écrit les noms de ces enfants indiens sur son carnet, les voici : Jockwintee, Akaatsi, Tatso, Wanella. Ils constituaient l'avant-garde du campement indien, et étaient arrivés un jour avant les vieux chasseurs pour jeter les filets et attraper du poisson pour les chiens.

Bunn resta dans ce camp pendant quatre jours pleins, jusqu'à ce qu'il fut capable de se débrouiller tout seul. Il voulut alors partir vers le camp sur la boucle de la Dease pour retrouver Bell. Mais les Couteaux-Jaunes furent très aimables : une partie d'entre eux prirent Bunn sur leurs canoës de sapin, et l'emmenèrent à un autre camp abandonné marqué sur la carte. Ils restèrent là toute la nuit, et le matin suivant conduisirent Bunn, finalement, à la cache sur la baie de la Dease.

Arrivés là, ils trouvèrent un canoë, dans lequel il y avait une ligne, dix cartouches et une lettre qui disait :

« J'ai bien peur que cette petite note ne serve à rien, et je suis certain que vous avez depuis longtemps rejoint un monde meilleur. Nous avons retardé notre départ de plus d'une semaine pour vous chercher, et Louis (Tremblee) et Charlie Campbell ont fouillé l'endroit où l'on vous a vu pour la dernière fois. Et aujourd'hui, je pense qu'il faut que nous partions, si nous voulons quitter ce pays. Si, par chance, vous êtes encore vivant, je vous laisse ce canoë pour vous permettre de partir de cet endroit épouvantable, ainsi que des cuillers pour prendre du poisson, et des cartouches. Je me mettrais en rapport, dès que nous serons revenus à la civilisation, avec vos parents. Je n'ai pas encore compris comment vous avez pu vous perdre. »

Telle fut la lettre que J. M. Bell écrivit à son compagnon perdu, après que lui, Campbell, Sanderson (qui s'était aussi perdu) et Tremblee furent revenus ensemble à la cache.

Et c'est ainsi que les Couteaux-Jaunes ramenèrent Bunn à leur camp, et qu'il se mit en route vers le sud du Grand lac de l'Ours pour atteindre Fort Norman. Ses sauveteurs à la peau rouge, parce qu'il avait été leur hôte et avait séjourné dans leur propre campement, l'auraient bien pris avec eux dans leurs huttes de chasseurs jusqu'au dernier jour de sa vie. Mais Bunn devait ramener à Edmonton les papiers du gouvernement. Ce qu'il fit.

NOTE BIBLIOGRAPHIQUE

Pour chaque texte, nous indiquons la date de la première publication et le nom du périodique qui l'a inséré.

Ces huit nouvelles ont été ensuite réunies, sous le titre The Lover of Life, *en un volume publié par l'éditeur Macmillan, à New York, en septembre 1907.*

L'AMOUR DE LA VIE (The Love of Life)

Mc Clure's, décembre 1905.

LE LOGEMENT D'UN JOUR (A Day's Lodging)

Collier's, 25 mai 1907.

LA MANIÈRE DES BLANCS (The White Man's Way)

The New York Tribune (Sunday Magazine), 4 novembre 1906.

L'HISTOIRE DE KEESH (The Story of Keesh)

Sous le titre : « Keesh the Bear Hunter », *Holiday's Magazine for Children,* janvier 1904.

L'IMPRÉVU (The Unexpected)

Mc Clure's, août 1906.

LOUP BRUN (Brown Wolf)

Everybody's Magazine, août 1906.

LA PISTE DES SOLEILS (The Sun-Dog Trail)

Harper's Magazine, décembre 1905.

NEGORE LE LACHE (Negore the Coward)

Paru pour la première fois dans le recueil *The Love of Life*, Macmillan, septembre 1907.

F. L.

TABLE

Ouvrage reproduit par procédé photomécanique.
Achevé d'imprimer en août 1990
sur les presses de l'Imprimerie Bussière
à Saint-Amand (Cher)